バイコーンに向かって走り出した私に、少し反応の遅れたブランカがバイコーンの正体に気が付いて叫んだ。
「えっ！　ということは、テンマが来たの⁉」
「残念！　私が来た！　……とうっ！」
一瞬、テンマが来たのかと思い驚くと、ライデンの背中にいたのは我が家のお調子者《アムール》だった。

謎の女性
マーリン
「マーリン様！　今です！」
わしは『小烏丸』を握り締め突進し、女の胸に刃を突き立てた。
刃を突き立てた瞬間に、ディンは女から飛びのいたので怪我はないじゃろうが……その時に見せた表情に違和感を覚えた。それと、刃を突き立てた瞬間の手ごたえにも……

異世界転生の冒険者 15

ISEKAITENSEI NO BOUKENSYA

㊟ケンイチ　㊢ネム

登場人物紹介

テンマ…………本作の主人公。違う世界で事故死した際に、異世界の神にスカウトされた。

マーリン………テンマの祖父で、賢者と言われるほどの実力を持つ魔法使い。

プリメラ………グンジョー市で部隊長をしていたが元騎士団長で、テンマとの結婚を機に引退。

ジャンヌ………オオトリ家のメイドで、元中立派のアルメリア子爵家の令嬢。

アウラ…………ジャンヌが貴族だった時代の専属メイド。今はオオトリ家でメイドをしている

アムール………南部子爵家の長女で虎の獣人。テンマに負けてからは、オオトリ家に居候する。

クリス…………元男爵令嬢で、特待生として王都の学園にトップで卒業し、最年少で近衛騎士に抜擢された実力者。

スラリン………スライムでテンマが最初にテイムした魔物。スライムなのに知能が高い。

シロウマル……テンマの眷属。ゴールデンフェンリルとシルバリオフェンリルとの間に生まれた新種だが、誰も気が付いていない。

ソロモン………テンマがテイムした白い龍。

ジュウベエ……テンマの飼牛。

アルバート……サンガ公爵家の嫡男。テンマの親友で義理の兄でもある。

カイン…………サモンス侯爵家の嫡男でテンマの親友。

リオン…………ハウスト辺境伯家の嫡男でテンマの親友。

ジン……………『暁の剣』のリーダー。ガラットとメナスとは幼馴染。実力は王国の中でもトップクラス。

ガラット………『暁の剣』のメンバーで狼の獣人で、バランス能力に優れた冒険者。

メナス…………ジンと共に、『暁の剣』の前衛を担う女性。気が強く姉御肌なところがある。

リーナ…………『暁の剣』の後衛を担当する魔法使い。

ハウスト辺境伯……リオンの父親で名前はハロルド。

サンガ公爵…………アルバートとプリメラの父親で名前はアルサス。

サモンス侯爵……カインの父親で名前はカルロス。

アレックス…………テンマの住んでいる国の国王。テンマの養父とは学園時代からの親友。

マリア………………アレックスの妻で王妃。テンマの養母とは幼い頃からの親友。

ティーダ……………皇太子シーザーの息子。

ルナ…………………皇太子シーザーの娘。

シーザー……………アレックスの長男で皇太子。

ザイン………………アレックスの次男で財務局の長(財務卿)。

ライル………………アレックスの三男で軍部の長(軍務卿)。

アーネスト…………現国王の叔父(ただし、先代国王である兄の養子になっているので、戸籍上は兄)で、大公。マーリンの学園時代からの悪友。

イザベラ……………シーザーの妻で皇太子妃。

ミザリア……………ザインの妻。

アイナ………………マリア付きのメイドでアウラの姉。ディンの婚約者。

ディン………………近衛隊の隊長。アレックスとは古くからの付き合い。

ジャン………………近衛隊の副隊長。近衛隊で一番の苦労人(主にディンとクリスのせいで)。

ハナ…………………虎の獣人で南部子爵家の当主であり、南部で一番強い人物。

ロボ…………………ハナの夫の虎の獣人。

ブランカ……………虎の獣人で、ハナの義弟。南部でもトップクラスの実力者。

レニ…………………狸の獣人で自他共に認めるナナオ一のモテ女。戦闘能力は低い。

ラニ…………………狸の獣人で、レニの兄。南部でもトップクラスの諜報員。

マーク………………元ククリ村の住人。テンマの養父とは幼い頃からの親友同士。

マーサ………………マークの妻。

contents

第一五章

第一幕

「何事じゃ！」

俺とカインの稽古を見ていたアーネスト様は騎士を呼び寄せて報告を聞くと、すぐに険しい顔になっていた。

「ご苦労じゃった。王城に他の者が向かっておるのは間違いないのじゃな？　では、お主はこのまま警備隊のテントで説明をしてもらおう。アルバート、カイン、リオン、お主たちはそれぞれの部隊から主だった者を連れて中央の司令部に来るのじゃ。テンマも頼む。ティーダ、すぐにルナを連れて王城に戻れ！　馬車は警備隊のものを用意する！」

アーネスト様の言葉を聞いたティーダはすぐに行動を起こし、いつもはごねるルナも、アーネスト様の雰囲気からただごとではないと理解したようで大人しく従っていた。

「その他の者は直ちに持ち場へと戻り、指示があればいつでも動けるように待機しておくのじゃ！」

続いて発せられた命令の後に、アルバートたちがそれぞれの部下に指示を出して持ち場に戻らせた。

「リーナ、お主は冒険者連中のまとめ役を頼む。何かあれば、わしの名を出して構わん」

「了解しました」

続いてアーネスト様は、リーナを一時的に冒険者たちのまとめ役に任命した。多分、リーナはジンと二人でリオンについていたので、リオンと一緒に参加するのはジンだけで十分であるということと、冒険者たちの中心となっている『暁《あかつき》の剣《けん》』の中で貴族出身なのはリーナだけだということからも、一時的なまとめ役とするのに適任だと考えたのかもしれない。

「カイン、お主のわがままを見過ごしてやる余裕などなくなった。それでも戻りたいと言うのなら……侯爵家の看板を下ろす覚悟をしてもらうぞ」

「はい、ご迷惑をおかけして申し訳ありませんでした。後ほど、テンマにも謝罪を……」

「ああ、あ奴《やつ》にはせんでもよい。どうやらわしの依頼になっておるようじゃから、お主がかけた迷惑とやらは仕事のうちじゃ。それよりも、自分から挑発したのに反撃を食らって逆ギレするとはのう……後でからかってやるとよい。それで手打ちじゃな」

アーネスト様がカインを呼び寄せたので何を話すのかと耳を澄ませていたら、俺がからかわれることが決定したそうだ。まあ、あれは自分でもどうかと思うところもあったので、多少のことは仕方がないと思うが……アルバートやリオンも一緒になってからかってきそうだな。まあ、実際にそうなったら、その二人に対しては反撃するけど。

それぞれの部隊への指示が終わると、順にアーネスト様の後を追って中央の司令部とやらに向かっていった。ティーダとルナは、このタイミングで王城に戻るようで、俺に挨拶をしに来た。まあ、ルナは緊急事態だとは理解しているものの若干不服そうにしていたが、今日のおやつにしようと思っていたプリンを渡すと機嫌が良くなっていた。

ティーダとルナを見送って、皆が向かっている方向にしばらく歩くと、

「司令部とか言っても、実際はデカいテントなんだな」

かなりデカいテントが見えてきた。その中に皆入っていくので、あれが司令部で合っているのだろう。

移動や建築のコストを考えればテントがベストなのだろうが、期待外れだと思った俺は悪くないと思う。

「まあ、テンマの言いたいことはわかるけどな。俺も最初はしょぼいとか思ったし」

いつの間にかそばに寄ってきていたジンは、頷《うなず》きながらそんなことを言っていたが……俺はしょぼいと思っただけで、ジンのように口には出していない。

さらにそんなジンの発言を聞いたリオンが、「そうっすよね～」などと共感して近づいてきたので、俺の周りだけ（さり気なく二人と距離を置こうとしてもついてきた）賑《にぎ》やかとなり、周囲から白い目で見られる事態となっていたが、さすがの二人も司令部の手前まで来ると静かになった。まあ、遅いと思うけど。

「遅い！　早く席に着け！　事態は一刻を争うのだ！」

三人同時にテントに入ったところ、アーネスト様の怒号が飛んだ。

その声に俺たちは急いで席に着いた（一応、各部隊で大体の場所が決まっているらしく、俺はどこに座っていいのかわからなかったので、とりあえずリオンの近くに座った）が、まだテントに入ってきていない隊員もいたので、これは俺たちだけでなく全体に向けて言った言葉だろう。

「テンマ、悪いがそこではなく、こちらの方に来てくれぬか？」

何故《なぜ》か俺はアーネスト様の近くに移動させられた。もしかすると、部隊ごとに命令を出す時に邪魔になるからかもしれないが、アーネスト様の様子からするとそういった理由からではないような気がした。

「揃《そろ》っておるな。時間が惜しいので本題に入るが、五日前にハウスト辺境伯領の戦線を帝国が突破したそうじゃ」

警備隊に駆け込んできた伝令の情報は、確かに一刻を争うものだった。

「帝国はその数の多さから、進軍速度はさほど早くはないそうじゃが……予想では一〇日ほどだそうじゃ」

現在、数万を超える軍勢が王都に向かって進軍中とのことで、一〇日と聞くとまだ時間がありそうにも感じるが、王国側の防衛準備の時間を考えれば時間は足りないくらいだろう。しかし、時間以上に俺が気になったのは、

「アーネスト様、辺境伯領から王都までの到達予想が一〇日というのは、早すぎではありませんか？」

アルバートの言う通り、早すぎるのだ。これが馬を乗り潰しながらの移動なら一〇日は少し遅いという感じだが、敵は軍隊であり、数万の兵が全て馬に乗って移動しているというはずはない。

「アルバートの言う通り、普通の軍隊なら一〇日は無理じゃ。今回の敵……帝国の軍勢は、化け物で構成されておる。比喩ではなく、文字通りの意味でのう」

アーネスト様の言葉に、俺はとてつもなく嫌な予感がしていた。

この時、自分では気がつかなかったが、爪が食い込んで血が滲《にじ》むほどの力で拳を握り締めていた。

「それはどういうことでしょうか？」

アーネスト様の言葉にピンときていない隊員（三馬鹿やジンのように、ケイオスのような化け物

を想像した者もいたが、それと同じくらいの数がわかっていないように見えた）の質問に、アーネスト様はチラリと俺の方を一瞬見てから、

「帝国軍……いや、帝国側から攻め込んできている軍隊は、その大半がゾンビで構成されていたそうじゃ」

と言った。その後続けて何か言ったそうだが、俺はその前後の記憶が数秒ほど飛んでいる。気がついた時にはジンが俺の肩を揺さぶっていた。

「テンマ、正気に戻ったか？」

ジンの第一声（俺が気づいた中で）がそれで、何かしてしまったのかと周囲を見回したところ、ジンの他にはアルバートとカインとリオン、そしてアーネスト様と他数名が残っているだけで、それ以外の大半はテントの入口近く、もしくは外まで下がっていた。

「俺、何をした？」

「覚えていないのかよ……お前、ゾンビという単語が出た次の瞬間に、すげぇ殺気をばら撒《ま》いたんだよ」

そう言われると、ゾンビと聞いた瞬間に頭に血が上る感覚があった気がするが、よくは覚えていない。

「テンマ、お主がそうなってしまったのはわかるが、このまま話を続けてもよいか？」

アーネスト様は、護衛の騎士の後ろから声をかけてきた。残っていた他数名とは、アーネスト様を守るように構えている騎士（四人）と、ガラットにメナスだった。

見事に知り合いとアーネスト様の護衛のみが残った形だ。まあ、このテントの中にはあと一人俺

の知り合いがいたのだが……しっかり避難していた。自分の眷属に担がれて……

「お主らも、いい加減席に戻るのじゃ！　このくらいのことで驚いておっては、守れるものも守れなくなるぞ！」

アーネスト様が避難した隊員たちに席に着くよう言うと、大半の隊員が俺に視線を向けないようにしながら戻ってきた。その途中、俺の近くにいたリオンが自分の席に戻ろうとしている時に、

「そうは言うけど、あの殺気じゃあ、逃げるのも仕方がないよな？」

とアルバートとカインに言っていたが、二人はリオンを無視して席に戻っていった。ここで返事をしてアーネスト様に睨《にら》まれるようなことを避ける為《ため》だろう。

「まず初めに言っておくが、このままではおそらくここが最前線になるじゃろう。だが、お主らが最前線に立つことはない。お主らが戦う時は、王都に敵の侵入を許した時か、その寸前まで追い詰められた時じゃ。それを踏まえた上でテンマ、今わしらにできることは何じゃ？」

席に戻ってきた隊員たちの多くから、『何故あいつに訊《き》くのか？』といった視線が向けられたが、アーネスト様の、「ここにいる中でゾンビの大群と戦った唯一の人物であり、その経験からわしらにできることがあるのかを知りたい」という説明で、全員が納得していた。

「まず思いつくのが、陣地の構築です。ククリ村の時も、ドラゴンゾンビが出てくるまでは陣地を固めて戦うことで、少数でありながら互角以上に戦うことができていました。次に退路の確保。これは相手が死を恐れない軍隊であるので、籠もるだけではいずれ陣地は破られると考えていた方がいいです。その場合に備え、第二第三の陣地《逃げ場》が必要です」

実際にククリ村が襲われた時も、一撃で場をひっくり返すドラゴンゾンビを除けば、補強した騎

士団の砦《とりで》で優位に戦うことができていた。もしあの時に、あの砦のように籠もりながら戦う場所が他にもあれば、被害はもっと少なくなっていただろう。

「どの規模の砦が必要と考えておる？」

「最低でも二～三〇〇人が余裕を持って籠もれるくらいの広さがあり、周囲を二メートルほどの高さで人が上に登って動けるくらいの……できれば、オーガのような魔物の攻撃を数回は防げる塀に、一メートルほどの深さの空堀があればと考えています」

「そこまで作り込むのならば、堀はもっと深くして中に水を入れた方がいいのではないか？」

「深すぎると自分たちが逃げる時に苦労しますし、ゾンビ相手だと火の魔法が効果的であり、場合によっては砦から出て敵を叩《たた》くこともありますので、水は入れない方がいいと思います」

ククリ村の時は、魔法を使って元からあったものを強化したが、今回は時間がない上に一からの作業になるので、大雑把になったとしても数を造る方がいいだろう。

「やはり、火魔法が有効的か……」

「火魔法なら、一回の攻撃でも延焼による広範囲かつ継続的なダメージが期待できます。ただ、ある程度ピンポイントで狙い撃ちが可能な腕前があるなら、どの属性だろうと効果はあります。まあ、数万の大軍相手なら、個別に狙うのは非効率的ではありますけど」

ククリ村の時とは違い、今回はゾンビの大軍以上に味方がいるものの、それでも効率よく倒す以外に被害を抑える方法はないだろう。

「それでは、部隊長とこれから呼ばれる者以外は各々の部隊に戻り、隊員たちに事態の説明をせよ」

アーネスト様がそう言って数名の名前を挙げると、呼ばれなかった隊員たちはすぐにテントを出ていった。ちなみに名前を呼ばれたのは、俺やジンたち数名の冒険者だ。

「それでは、今から……」

「アーネスト様、残るように言われたばかりですが、俺は一度屋敷に戻りたいと思います」

「何故じゃ？」

「じいちゃんを連れてきます。ククリ村が襲われたあの事件の時、じいちゃんは命令系統の中心にいましたから、あの時のことは俺よりも詳しいと思います」

「そうじゃな。確かにそうじゃ。すまぬが、急ぎマーリンを呼んできてくれ」

ククリ村でゾンビと戦った時、俺は確かに戦闘の中心にいた人物の一人にはなるだろうが、命令系統で言えば末端であり、基本的にじいちゃんたちの指示に従って動いていたのだ。もしかすると王様たちがじいちゃんを呼ぼうとするかもしれないが、それよりも先にここにじいちゃんを連れてくる必要があった。まあ、それはとても自分勝手な理由ではあるが……おそらくはじいちゃんも俺と同じように考えると思うので、王様に遅れるわけにはいかないのだ。

アーネスト様の許可を取った俺は、『飛空魔法』で屋敷を目指した。

いつも以上に飛ばし、王都の入口を守っている騎士を完全に無視して屋敷を目指したので、方々から確実に苦情が来るだろうし罪に問われるかもしれないが、全てアーネスト様に回せば問題ないだろう。

「じいちゃん、すぐに警備隊の所までついてきて！」

「な、何じゃ、いきなり」

屋敷に飛び込んでじいちゃんの腕を取ると、じいちゃんは驚いて目を白黒させていたが、すぐに尋常ではない事態が起こっていると理解したようだ。

「皆、緊急事態だ！　プリメラとジャンヌとアウラは、すぐにいつでも戦闘、もしくは逃走ができるように準備をしてくれ。アムールはマークおじさんの所に行って、いつでもオオトリ家の屋敷に避難できるように伝えてくれ」

何事かと様子を見に来たプリメラたちに矢継ぎ早に指示を出して備えるように言い、アムールにはマークおじさんに避難準備の知らせを伝えるように頼んだ。その間に、じいちゃんは必要なものを取りに自室に向かった。

諸々《もろもろ》の準備をするのなら、アムールを残してジャンヌかアウラをおじさんの所に向かわせた方がいいかもしれないが、足の速さを考えるとアムールの方が適任だろうし、何よりアムールをおじさんの所に向かわせれば、行きか帰りの途中で王都に駐在している南部関係者と接触するだろう。今は詳しい情報を話す時間はないが、いつでも南部に向かえるように準備してもらう必要があるのだ。

「テンマ、準備ができたぞ！」

「じゃあ、行くよ。飛ばすから、しっかりとついてきてね」

後のことをプリメラに頼み、俺とじいちゃんは空を飛んでアーネスト様の所へと向かった。

空に飛び上がった時に、遠くから見慣れた王家の馬車が屋敷の方へと向かっているのが見えたが、今はわざと気がつかなかったことにした。

「アーネスト、何が起こっておるのじゃ！」

「うむ、実はのう……」

アーネスト様がじいちゃんに事の説明をしている間に、俺は残っていたアルバートたちに俺がいない間の話を聞くことにした。

「先ほどまでの話し合いで決まったのは、どの場所に陣地を築くかということと、どの程度のものにするかということ。そして、我々警備隊の役割についてだ」

俺のいない間に地形の起伏などを活《い》かせる場所をいくつも選んでおり、そこに高さ二メートルほどの壁と五〇～一〇〇メートル規模の陣地を作るところまで決まったそうだ。ただ、壁を作るのは前面と側面のみで、側面に関しては杭《くい》などを使用し、後方の壁はあえて作らずに敵が接近したら取り付かれる前に次の陣地に下がるとのことだった。一見手抜きのようにも見えるが、短時間で複数の砦を作るのは無理な上、もしかすると王国軍の作戦の邪魔になるかもしれないので、いざという時に壊しやすいように単純化したそうだ。

「そして我々警備隊は、正式に軍部から命令が下されるまではアーネスト様の指示に従い、これまで通り周囲の警戒と、並行して陣地の構築に当たる。騎士団が到着した後、警備隊は王都の警備と騎士団の支援に回る」

という説明を受けた。

「大体の話はわかった。それとは別の相談なんだが、今警備隊にいるサンガ公爵家の手の者を一人貸してほしい」

「それは構わないが、何をするんだ？」

「実は、プリメラたちに伝言を届けてほしくてな。ほとんど何も言わずに飛び出してきたものだから、心配しているだろうし」

　それを聞くとアルバートは、すぐにテントの外に控えていたサンガ公爵家の騎士を一人呼び寄せた。その騎士に外部に話しても問題のない程度の説明と、俺とじいちゃんはもしかすると数日は帰ることができないかもしれないという伝言を頼み、オオトリ家の屋敷に向かってもらった。

「なあ、公爵家の騎士を走らせるよりも、テンマがもう一度飛んで戻って説明した方が早くないか？　時間がないといっても、警備隊に属していないテンマが一～二時間離れても問題はないだろうしよ」

「そうだよね。それをしないということは、何か他の理由があるのかな？」

　リオンの疑問に、カインが訝《いぶか》しんだ様子で俺を見ていた。少し険がある言い方だったが、大分落ち着いてきてはいるようだ。

「じいちゃん、大体の事情はわかった？」

「うむ、事情は理解したし、ある程度のアドバイスはしたが……今の状況では、大して役に立つとは思えんのう」

　ククリ村で戦った時は、続々と現れるゾンビに対してその場その場で指示を変えていたので、今回の戦いに活かせるかどうかわからないらしい。まあ、俺としてはじいちゃんのアドバイスはここに連れてくる為の建前なのだ。本音は、

「じゃあ、実際に見に行こうか？　ついでに攻撃してみて、敵の強さを確認してみよう。ゾンビに対しては、俺もじいちゃんも色々と思うところがあるでしょ？」

「ん？　……なるほど、確かにそうじゃな。では、行くとするか！」

「二人とも、ちょっと待つのじゃ！　勝手な行動は許されるものではないぞ！」

じいちゃんとゾンビの群れがいる所へ行こうとすると、アーネスト様が慌てて止めてきた。

「誰に許されんのじゃ？　わしらはこの国に住んではおるが、仕えておるわけではないぞ。それに、今は少しでも時間が欲しい時ではないのか？　わしとテンマなら騎馬よりもはるかに早く帝国軍を見つけ、不意打ちを仕掛けることが可能じゃぞ。そもそも今わしらが行かんかったら、帝国軍の進路上付近にある村や街はどうなると思うのじゃ？　もしかして、警備隊を派遣して時間を稼ぐつもりかのう？」

最後の言葉に、アルバートとカインは揃って『無理だ！』という感じで首を横に振った。まあ、リオンはやる気満々という顔だったけど。

しかし、一部には効き目のなかったじいちゃんの脅しはアーネスト様には効果があったようで、ブツブツと呟《つぶや》きながら何かを考え始めていた。

「反論がないのなら、わしとテンマは行かせてもらうぞい」

じいちゃんがそう言ってアーネスト様に背を向けた時、

「いや、待て！　わかったから少し待て！　テンマ、これはわしからの依頼じゃ。帝国軍に対し、『威力偵察』の任を依頼したい。後発になるが、騎士団も派遣させるように陛下に進言する」

「ふん！　初めからそう言って心よく送り出せばよいものを……変に引き留めようとするから、余計な出費になるのじゃ！　それと、騎士団はいらん。邪魔になるだけじゃ」

などと、じいちゃんはアーネスト様に言うが、

「馬鹿者！　国対国の戦争……それも侵略されておるこの時に、いかにこの国の最強戦力とはいえ、

民間人を時間稼ぎの為に送り出せるか！　しかも、二人だけ行かせるなどと……傍《はた》から見れば、完全な捨て駒じゃぞ！　そんなことできるか！　まあ、あくまでも騎士団の派遣は名目の上ということじゃが、形だけでも派遣しておけば間に合わなくとも言い訳はできる。例えば、足の遅い騎士団に痺《しび》れを切らせた二人が、勝手に先行した……などとな」

半分くらい俺とじいちゃんの責任になるがそれは元々俺たちのわがままなので、責任に関しては別に構わない。しかし、アーネスト様としてはそうでもしておかないと、王族の面目が丸潰れになると考えているそうだ。

「なら、勝手にしておけ！　もういいな。テンマ、今度こそ行くぞい！」

じいちゃんとアーネスト様が揉《も》めている間に、俺はアルバートとカインから予測も含めた帝国軍の場所を聞き、大体の進行方向を決めた。おそらくだが俺とじいちゃんの速度なら、休憩時間を含めても一〜二日あれば発見できるだろう。

じいちゃんにそのことを伝えながらテントを飛び出て空を飛ぶと、後ろから「まだ話は終わっとらん！」というアーネスト様の声が聞こえたが……時間が惜しいので無視して速度を上げた。多分、依頼についての細かな話だと思うが、別に依頼料はなかったらなかったでも構わないので、無事に帰ってきてからで問題はないだろう……少なくとも、俺たちの側には。

「予想以上におるのう……数えるのが嫌になるくらいじゃな」

「少なくとも、数万とかいう数じゃないよね。一〇万以上は軽くいると思う」

多すぎて正確な数はわからないが、少なくとも三万四万という数ではない。数万の帝国軍が進軍中という報告から、多くても五〜六万程度だと思っていたのだが、その倍以上だと少し難しいかもしれない……全滅させるのが。

「まあ、敵の数が予想以上だとしても、予定以上に働けば問題はなかろう」

「だね。何せ、向こうはまだこっちに気がついていないみたいだし、予想以上の数でも、やることは変わらないし……ねっ！」

そう言いながら俺は、『ファイヤーボール』を連射した。数の多さには驚いたが、多かろうとやることは変わらず、ただ群れに向かって魔法を乱射するだけだ。これだけ多いと、特に狙いを定める必要はなく、密集状態で行軍しているおかげで、一発の魔法で数体、多ければ十数体にダメージを与えることができている。

「ちと延焼速度が遅いのう……こんなことなら、油でも持ってくるんじゃったな」

「あることにはあるけど、さすがにあの群れに使えるほどは持っていないからね」

そんなことを言いながらも、俺とじいちゃんは魔法を放ち続けていた。開始一〇分ほどではあるが、すでに軽く一〇〇〇以上は削っているだろう。

「さすがにこうも数が多いと、上空から魔法を放つだけでは効率が悪いのう……このままじゃと、方々に逃げられるじゃろうな」

「それじゃあ、もっと接近して強めの魔法を使おうか？　それと、俺はなるべく群れの後ろ側を狙うよ」

「なら、わしはこのまま前の方じゃな」

群れの前と後ろに分かれ、より強力な魔法でゾンビを倒すことにした俺とじいちゃんは、上空から一気に接近して群れの殲滅《せんめつ》にかかった。

「やっぱり、『ファイヤーボール』よりも『ファイヤーストーム』の方が効率はいいな」

一発の『ファイヤーボール』で平均四～五体を燃やしているのに対し、『ファイヤーストーム』は最低でも二〇体、密集している場所だとその倍以上倒している。ただ、時間が経《た》つにつれてゾンビがバラバラになって逃げ出そうとしているので、ククリ村の時のようにゾンビに命令を出しているる存在がいるようだ。まあ、さすがにドラゴンゾンビのような存在感を持つものは『探索』には引っかかっていないが……ナミタロウのように気配を消すことのできるものもいるかもしれないし、たまに普通のゾンビとは違う動きをしている強そうな個体もいた。しかもそういった個体は、『鑑定』を使ってもそのステータスは文字化けのようになっていて正体がわからず、ゾンビだからという以上に不気味な存在ではある。まあ、その他のゾンビと同じく、魔法で簡単に倒せているので脅威というほどではないが……時おり武器を投げつけて落とそうとしてくるので、ゾンビよりは知能が高いみたいだった。

「このまま殲滅できそう……って、やっぱりいたか！」

攻撃が単純作業になりつつあった頃、燃えているゾンビをかき分けて、例の四つ腕の化け物が飛び上がってきた。

現在、地上から一〇メートルほどの高さから攻撃を仕掛けており、この位置ならゾンビの攻撃（たまに来る投擲《とうてき》を除く）は届かないのだが、四つ腕の化け物はこれくらいの高さなら余裕で届く距離だったようだ。

とはいえ、元々四つ腕の化け物には帝国が絡んでいると予想していたので、この群れにもいる可能性は高いと思っていたのだ。その為、攻撃開始時より『探索』を使って、ゾンビとは思えない速度で動く存在には気を配っていた。なので、飛びかかってきた化け物の攻撃は数メートル上空に移動してかわし、落ちていく背中に『ファイヤーブリット』を打ち込んで倒した。

「あっ！　じいちゃんの方は……大丈夫みたいだな」

俺の方は『探索』で不意打ちの心配はないが、じいちゃんは大丈夫だろうかと今更ながらに気がついて振り向いたのだが……じいちゃんは俺が振り向くとほぼ同時に空中で攻撃をかわし、愛用の杖《つえ》で化け物を叩き落としたのだった。しかも、落ちた化け物に魔法でとどめを刺す余裕もあった。

「いや、手を振らないでいいから、ちゃんと前を見てよ……」

じいちゃんは俺が見ているのに気がつき、手を振る余裕を見せていたが……ゾンビの投げた石が顔の横を通り、かなり焦った表情をしていた。

そういった油断からヒヤリとする場面もあったが、化け物が参戦してこようとも俺とじいちゃんの優位性は失われることはなかった。せいぜい、別の化け物が飛び上がってしてくる攻撃と、化け物からの投擲に気をつければいいだけだ。

「けど、化け物が出てきたせいで、ゾンビたちの殲滅速度が落ちてきたな……ここは一発、デカいのを放つか……じいちゃん！」

「どうした、テンマ？」

そのデカい魔法を使う為に、一度じいちゃんの所まで下がり、作戦の提案をした。すると、

「汚物は焼却じゃ――――！」

じいちゃんが楽しそうに火魔法を乱発しながら飛び回り始めた。ついでに、マジックバッグに入

れてあった木材や油もばら撒いているので、すぐに多くのゾンビが火に飲まれることになった。

「じいちゃん、そろそろやるよ！　戻ってきて！」

「おお！　頼んだぞい！」

俺の合図でじいちゃんはすぐに後ろに下がった。じいちゃんが下がったのを確認して、俺は風魔法の『トルネード』を燃え盛るゾンビの群れの中心に発生させた。すると、

「『火災旋風《ファイヤートルネード》』は、相変わらずの威力じゃな」

ククリ村での戦いにおいてゾンビの群れに大打撃を与えた魔法が、再びゾンビたちに猛威を振るい始めた。

「昔とは違って、今はこんなこともできるようになったしね」

「おお！　動かすこともできるのか！」

昔と違って余裕がある状況だし技術も魔力も上がっているので、完全にとは言えないが『火災旋風』を自分の意思で動かすこともできる。その結果、

「ゾンビの動きでは、逃げ出すこともできずに飲み込まれておるのう」

ゾンビの逃げ足よりも速く『火災旋風』が近づき、続々とゾンビを吸い込み、上空へと巻き上げていった。

「じいちゃん、落ちてくるものに気をつけてね」

「うむ、わかっておる。それよりもテンマ、吸い込まれても動いておるゾンビや、範囲から外れたゾンビはどうするのじゃ？」

確認はできていないが、『火災旋風』に巻き込まれたゾンビの中には、もしかすると奇跡的な確

率で倒せなかった？　個体がいる可能性もある。それに、群れの規模が大きいので、『火災旋風』の範囲から外れたゾンビがまだ多数いるのだ。

「範囲から外れた奴は、じいちゃんが遠距離から減らしていって。とどめを刺そうとか思わなくていいから、『火災旋風』に気をつけながら足止めをする感じで。足止めされた奴と吸い込まれても残っている奴は、ゴーレムに処理させればいいんじゃないかな？」

ただ、ゴーレムのような土や石の塊が吸い込まれて上空に巻き上げられたら危険なので、『火災旋風』に巻き込まれることのない距離で活動させなければいけないが、吸い込まれていくゾンビのおかげで大まかだが安全な距離がわかるし、『火災旋風』の進路方向とは違う位置にいるゾンビを始末しろという命令にすれば大丈夫だろう。

「うむ、それが一番効率がいいじゃろうな……間違っても、魔法をわしの方に進ませるんじゃないぞ」

そう言うとじいちゃんは、『火災旋風』の範囲から運よく外れ、逃げ出そうとしていたゾンビへと向かって飛び、背後から魔法を放っていた。そうして動きを止められたゾンビは、さらに後から来るゴーレムたちに処理されていった。

「もう少し速度を上げることができたらいいけど、今のところこれが限界みたいだな。じいちゃんも文句を言っているみたいだし、速度に関しては今後の課題だな」

理想としては馬が駆けるくらいの速度が出てほしいところだが、現状は人の早足程度の速度だ。一応、もう少し速度を上げることは可能なのだが……今以上の速度を出そうとすると、コントロールが乱れてしまう。実際、どこまで速度を上げることができるか試してみようとしたところ、『火災旋風』がじいちゃんの方へと向かいそうになり、かなり焦った。まあ、じいちゃんはもっと焦っただろうけど……。

「それでも、一～二万は吸い込んだかな？　ゾンビの足が遅くて助かった……と言いたいところだけど、逃げ延びているのは四つ腕の化け物か、飲み込まれたゾンビよりも強い個体が多いということだよな」

足が遅くても強い個体はいるだろうが、基本的に動きの速い個体は普通のゾンビより強い傾向があるようなので、倒せているのは弱い個体ばかりという可能性が高いだろう。もっとも、元々の目的が群れの数を減らすことだし、強いといっても所詮はゾンビなので、よほどの規格外がいなければ警備隊の隊員でも対処できるだろう。

そんなことを考えながら『火災旋風』を前進させていると、最初の頃と比べて若干威力が落ちてきているように見えた。そして、吸い込んだゾンビが三万を超え、四万に届くかどうかというところで急速に威力が落ちていき、ついには自然消滅してしまった。

「どうしたテンマ！　何かあったのか！」

「いや、何かのはずみで自然消滅しただけだから、特に問題があったというわけじゃないよ」

『火災旋風』は大きくて威力の高い魔法ではあるが、基本的には自然現象を利用しているので、地形や気圧の変化がきっかけで消滅してしまうこともあるのだろう。まあ、この魔法を使ったのはククリ村の時を含めて数度しかないので、本当にそうなのかはわからないが、消滅してしまったのならもう一度使えば問題はない。

「そういうわけでじいちゃん、もう一度『火災旋風』を使うから、手伝いよろしくね」

「わし、テンマほど魔力があるわけではないし、さっきまで飛び回りながら魔法を使っておったんじゃがのう……まあ、あの一回で群れの三分の一は潰せたようじゃし、もう少し頑張るとするかのう」

「と、いうわけで、行くぞい！」と叫んだじいちゃんは、逃げるゾンビの群れに向かって突進していった。

「追加でゴーレムを出して掃除させて……俺も行くか！」

新たにゴーレムを出していたのでじいちゃんより少し遅れてしまったが、俺も群れに火魔法を放ちに向かった。木材や油は少なかったがその分魔法の回数を増やしたので、火の勢いは一回目よりも激しくなった。

「じいちゃん、そろそろやるよ」

「うむ……今回の方が危険そうじゃから、念の為もう少し下がっておくかのう」

じいちゃんが十分に下がったのを確認して、もう一度『トルネード』の魔法を放つと、一回目よりも大きな『火災旋風』が群れを襲い、先ほどよりも多くのゾンビを吸い込み始めた。

「この調子なら、すぐに終わりそうだな。じいちゃん、処理の方よろしく。吸い込まれないように気をつけてね」

「任された！　テンマの方も、先ほどのように操作を誤るんじゃないぞ」

やっぱり言われたか……と思いながら、『火災旋風』をさらに前進させようと前を向くと、

「じいちゃん、防御！」

「ん？　ぬおっ！」

急に『火災旋風』が乱れ、その次の瞬間に爆散した。暴走した結果というよりは、何者かの魔法で妨害されて弾《はじ》けたという感じだ。この爆風で、『火災旋風』の近くにいたゾンビの数千ほどが粉々になり、俺とじいちゃんもかなり吹き飛ばされた。ただ、乱れに気がついた俺はすぐに魔法で防御したし、じいちゃんもギリギリで防御が間に合ったので、二人とも爆風による衝撃はかなり軽減することができ、即座に行動不能となるようなダメージは受けていない。

「じいちゃん、大丈夫⁉」

爆風の衝撃で体のあちこちに痛みが走り、視界がぶれて吐き気もするが、動けないというほどではない。しかし、じいちゃんの方はそうではなかったようだ。

今のところはふらつきながらも宙に浮いてはいるが意識が飛びかけているようで、いつ墜落してもおかしくなさそうに見える。さらには聴覚にも異常をきたしているようで、先ほどから大きな声で呼びかけているというのに反応がない。

「じいちゃん！」

「ぬ？　……おお、テンマか。すまんが、何を言っておるのかわからぬのじゃ」

俺はすぐにじいちゃんの腕を摑《つか》み、この場からいったん離れることにした。

その退避中にもう一度声をかけると、意識がはっきりしてきたらしいじいちゃんは耳がおかしいらしく、俺の声がほとんど聞こえないようだ。それ以外では体中に痛みを感じるそうで、回復魔法を使って対処することにした。これで、吐き気やめまい以外はすぐに良くなるはずだ。

「テンマ、念の為もう少し下がった方がよいかもしれぬ」

「だね。なんだか、ドラゴンゾンビが姿を現した時に状況が似ているし……とてつもなく嫌な予感がする」

今ならあの時のドラゴンゾンビが相手でも何とかなりそうな気がするが、そんなデカくて目立つ奴が群れにいたら真っ先に気がつくだろうし、サンガ公爵たちも何が何でも報告を寄越すだろう。そもそも、そんな奴が何体もいてたまるかというところだ。

「もしかすると、ドラゴンゾンビの方がマシだと思える化け物かもしれんのう……」

などと、じいちゃんがとてつもなく不吉なフラグを立てたところで、俺たちは避難を終えた。今いる位置は、最初にいた所から五キロメートルは離れている。かなり念を入れて距離を取ったが、『火災旋風』が爆散した時の煙が最初にいた所をも飲み込み、まだまだ晴れる様子を見せていない。もし本当に煙の中にドラゴンゾンビ級の化け物がいた場合、この距離であっても危険かもしれない。

「とにかく、煙の中だけじゃなく周囲も警戒しながら、今のうちに回復薬を使っておこう。大して回復できないかもしれないけど、しないよりはましだろうし」

「そうじゃな。できれば地上に降りて一息つきたいところじゃが……それは怖くてできんのう」

確かに俺もそうしたいが、この距離で地上に降りると地形のせいで煙の中心地が見えなくなるので、相手側に遠距離からの攻撃方法や高速移動ができた場合、致命的な隙を与えることになるかもしれないのだ。

その為、俺とじいちゃんは空中で待機し、警戒したまま回復薬を使用した。本来ならば、少しでも腹に何か入れた方がいいのかもしれないが、緊張のせいか回復薬を飲み込むのですらギリギリだ。

「大分煙が薄くなってきたようじゃが……『火災旋風』が弾けたのは何かの事故だったということはないかのう？」

「大分時間が経つのに何の動きもないから、俺もそうであってほしいと思うけど……それはないだろうね。何で静かなのかはわからないけど、何かがいることは確かだよ」

じいちゃんの言う通りだったらどんなにいいことかと思いながらも、それは絶対にないと確信している自分がいた。

「じいちゃん、何がいるのかわからないけど、互いに距離を取っておこう。このままだったら、下手をすると二人まとめてやられるかもしれない」

「そうじゃな。姿を見せない理由はわからぬが、このまま何事もなく終わるということはなかろう」

相手が単体だった場合は交戦し、複数だった場合は逃げると決め、互いにある程度の距離を取ろうとしたその時、辺り一帯に強い風が吹き、残りの煙が一気に流されていった。

煙の中から姿を現したのは……

「人？」

俺たちとそう大きさの変わらない、全身をマントで覆った人型の何かだった。

◆ハウスト辺境伯ＳＩＤＥ

「こちらの被害はどうなっている！」

「砦の外で待機していた五隊のうち、前方に配置されていた三隊が交戦し敗走！　無事に退避できたのは後方にいた二隊で、交戦した三隊はそれぞれ半数ほどの被害を受けております！」

「追撃してきた四つ腕の化け物数体が砦に取り付きましたが、現在は撃退しております！　その際、

一体に侵入を許し、数名が犠牲になりました！」

最悪だ！　これまで均衡を保っていたのが、一気に押されてしまった！　しかも、

「それで、帝国の軍勢が全てゾ・ン・ビだったというのは本当か？」

「間違いありません。交戦した部隊の生き残りの証言もありますし、何より四つ腕の化け物と一緒になって攻めてきた中にゾンビがいたそうで、多数の目撃証言があります。いくら日が暮れたとはいえ、砦付近は明かりを絶やさないようにしているので、証言した者たちが同時に見間違うことは考えられません。安全が確認でき次第、外にあるゾンビの死骸を運び入れます」

「その時は十分に気をつけろ。たとえ倒したと思っていても相手がゾンビである以上、急に動き出す可能性は十分に考えられるからな」

「了解しました！」

目撃証言の多さを考えれば、さすがに見間違えたということはないだろう。だが、それを言うのなら警戒していたはずの部隊が、揃って数百メートル先まで侵攻してきた敵を見落とすということも考えられない。

「しかし、敵軍は今のところ本腰を入れて砦を落とす気はないようで、砦を攻略するよりも、王都の攻略に軍の大多数を割いているようであります」

だとすると、今すぐ隊を整えて打って出る必要があるかもしれない。サンガ公爵軍とサモンス侯爵軍と連携できれば、帝国軍の数を大きく減らし進軍の遅延、もしくは中止させることも可能かもしれないが……こちらは何人が生き残れるかというところだ。さすがに敵軍に囲まれながら戦い、敵に打ち勝ちなおかつ軍としての態勢を保てるなど、夢を見すぎというものだ。

「辺境伯様、たった今サンガ公爵軍とサモンス侯爵軍から報告が来ました！」

「寄越せっ！　……くそっ！　向こうも同じような状況か！」

つまり、助けに来ることはできないというわけだ。あちらとしても、こちらと同様に助けが欲しいくらいだろう。

こうなれば、籠城をしつつ機を窺《うかが》うしかない。三軍が足並みを揃えたとしても壊滅の可能性が高いのに、辺境伯軍だけでは無駄死にに行くようなものだ。

不幸中の幸いがあるとすれば、公爵軍と侯爵軍用の砦が完成し強化が終わっているということ、三つの砦には十分な食料を運び込んでいること、そしてオオトリ家から秘密裏にもらったゴーレムの核があることだ。

いくらテンマのゴーレムの性能が高いとはいえ、五〇〇〇ではどれだけいるかわからない敵軍の撃破は難しいだろう。その代わり、休憩を必要としないゴーレムは今の状況では心強い限りだ……が、もしゴーレムの存在を明かすタイミングを間違えれば、進軍よりも先にこちらを潰しにかかるかもしれないし、辺境伯軍の中に帝国の内通者がいた場合も同じような結果になるだろう。

「（ギリギリまで伏せておく方がいいか……）それで、王都やシェルハイムへの連絡はどうなっている？」

「そちらの方はすでに済んでおります。まずはシェルハイムの方に知らせを送り、そこから王都へと運ばせる手はずとなっております」

こういった身動きが取れない時の為に、鳥型の魔物を使役しているテイマーを数名雇い入れたことが功を奏しているようだ。こちらで雇ったテイマーはサンガ公爵とサモンス侯爵にも預けたから、砦から出ずとも三軍の間で連絡が取れるのは大きい。それに、本来はこの砦の責任者だったライラを、俺と入れ替わりでシェルハイムに送ったのも良かった。もしこの場に留《とど》まらせていれば、シェルハイムにおいて軍の全権を安心して任せることのできる者が不在となるところだった。

「ふむ……急ぎシェルハイムに追加の伝令を届けさせろ。内容は、『シェルハイムに周辺の住民や兵をできる限り集め、籠城して帝国軍をやり過ごせ。集める際に住民には必要最低限の生活物資のみ持ち込みを許可し、兵にはそれぞれの拠点にある物資をできる限り持ってこさせるように』……だ。それと、サンガ公爵とサモンス侯爵に、『辺境伯軍は籠城を選択した』と伝えろ」

細々とした連絡は後回しでいいだろう。あの二人なら、これだけでこちらの考えを理解してくれるだろうからな。それよりも先に、籠城の為の編成をしなければ……こうなると、奇襲のせいで部隊が減ったのが後々影響してくるかもしれない。

「今一度兵たちに軍の規律を心に刻むように伝えろ。ただでさえ厳しい状況となっているのに、つまらんことで軍を疲弊させるわけにはいかんからな」

これまで経験にないほど厳しい状況ではあるが、少しでも長く粘って状況の変化を待つしかないだろう。なるべくいい方に変化することを、神に祈らねばならんな。

第二幕

「あ奴は、帝国の……ではなさそうじゃな」

「どう見ても人間ではないね」

最初、俺もじいちゃんも相手は人間の魔法使いなのかと思ったが、巻き起こる風に煽《あお》られて翻ったマントの下を見てすぐに人ではないと理解した。

「あ奴が、テンマとジャンヌが『大老の森』で遭遇したというリッチか？」

「いや、あれとは別の個体だと思う。リッチだから細かい違いはわからないけど、明らかに雰囲気が違う」

あの時のリッチも不気味だったが、今目の前にいる方が段違いの不気味さを醸し出している。確実にこいつの方が怖くて強いと確信していた。

「じいちゃん、俺が突っ込むから援護をお願い。でも、相手の力がわからないから、十分に距離を取った上で、無理な場合は援護をしないでいいから」

「うむ、了解した。テンマ、気をつけるのじゃぞ。あ奴はわしがこれまで遭遇した中でも、不気味さでは一番じゃ。嫌な感じはドラゴンゾンビに似ておるしのう」

じいちゃんも俺と同じように感じたようだ。今のところドラゴンゾンビほどの威圧感はないが、『火災旋風』を消し飛ばすまで気配を感じさせなかったということからも、ただ単に気配を抑えているだけの可能性が高い。

「それとじいちゃん……もしもの時は、プリメラたちの脱出を頼むね」

もしここで俺が負けるとすると、あのリッチは生き残ったゾンビを引き連れて王都に進軍する可能性が高い。普通の軍隊なら、ここまで味方の数が減れば引き返して態勢を整えるはずだが、リッチが率いているのはゾンビという痛みを感じない魔物だ。歩くことさえできれば、多少の体の欠損などあってないようなものだろう。

そんなことよりも、国境線に王国で指折りの戦力を封じ、他の戦力が集まる前に、多少無理してでも王都を攻め落とした方が勝率は高いと考えてもおかしくはない。

ハウスト辺境伯たちを出し抜いたくらいだから、それくらいの知能はあるだろう。

「馬鹿なことを言っとらんで、さっさと蹴散らしてくるのじゃ！　そして、プリメラたちに二人でいい報告をするのじゃ！」

「そうだね。報告するなら、勝利のものじゃないとね」

その言葉を聞いて、もしものことは考えないようにした。『大老の森』のリッチやドラゴンゾンビに似た気配のせいで、いつの間にか弱気になっていたようだ。

「そうじゃ！　行ってこい！」

じいちゃんに背中を押される形で、俺は小烏丸《こがらすまる》を取り出しリッチ目がけて突進した。

「…………」

リッチは俺の突進に驚いたのかそれとも想定通りだったからなのかはわからないが、言葉を発するかのように口をカタカタと動かしている。そして次の瞬間、俺の小烏丸に対抗する為なのか、どこからか大きな鎌を取り出した。今回も『大老の森』のリッチと同じく魔法の撃ち合いになると思っていたので、目の前のリッチが小烏丸に物理《鎌》で対抗しようと構えたのが意外だったのだ。

「リッチというよりは、物語に出てくる『死神』みたいだな……まあ、俺の知っている『死神』のような可愛《かわい》らしさは皆無だけどな」

などと独り言を呟いてしまったが、それは余裕からというよりは黙っているとリッチの不気味さに負けて弱気になってしまいそうだったからだ。

鎌を持つ相手と戦うのは初めてだがこちらの武器の方が短い以上、これまでの長物相手と同じように潜り込む……が、

(防がれた！　思った以上に反応がいい！)

鎌の柄で防がれてしまった。しかも、ただ防がれたというわけではなく、至近距離でさらに速度を上げて背後を取っての攻撃だったのにもかかわらず、リッチはその一撃にしっかりと反応したのだ。

(それに、力も強い)

攻撃を防がれた体勢のまま空中で押し合いになったが、骨しかない体なのにどこからそんな力が出てくるのかというくらいリッチの押す力は強く、気を抜いたらそのまま押し切られそうだった。

そんな状態が数秒続いたその時、

「うっ！　くそっ！」

押してくる力が一瞬緩んだかと思った次の瞬間、リッチは体を回転させるようにして鎌を振り下ろしてきた。デタラメとも思える攻撃方法だったが回転速度が速かった上に鎌自体の重さも加わり、その一撃はかなりの重さと鋭さを兼ね備えていた。

もしあと少しでも反応が遅れていたら、俺の体は鎌の刃により真っ二つになっていただろうが、

ギリギリのところで小烏丸で鎌の刃を受けることができた。ただ、無理な体勢で攻撃を受けたせいで俺は地面に向かって弾き飛ばされ、一時的に無防備な状態となってしまった。

「やらせぬぞ！」

そんな状態の俺にリッチは追撃を仕掛けようとしていたが、じいちゃんが俺とリッチの間に魔法を放ったので攻撃を中断して間合いを取っていた。

そして、今度はじいちゃんの方に体を向けたリッチだったが、

「あれをかわすのかっ！」

俺が連射した『エアブリット』を全てかわし、再度こちらに体を向けた。

「動きも速い！」

リッチは魔法ではなく接近戦で決着をつけるつもりなのか、上空から一気に襲いかかってきた。落下の速度も加わっているからか、ブランカが本気を出した時に見せる速度と同等かそれ以上にも感じた。

(まだ魔法は使っていないけれど……身体能力は互角かそれ以上と思った方がいいな)

リッチの攻撃をかわしてカウンターの一撃を放つが防がれ、そのまま打ち合いとなったが決定打となるものは互いに出なかった。

何故リッチが魔法を使わないのかは不明だが、相手の実力がわからない以上はこのまま使わないでいてくれた方がありがたい。まあ、最も効果的な場面で魔法を使用するということは十分考えられるし、接近戦が続いているせいで、先ほどから援護に回っているじいちゃんは魔法を使えないまま俺とリッチを中心にして旋回しているだけなので、リッチは接近戦を仕掛けることでこちらの戦

力を封じることに成功しているとも言える。

（表情が変わらないせいで、攻撃が読めないな……）

骸骨の姿をした魔物なので表情というものがなく、そのせいで感情の変化が読み取れない。ただ、たまに口をカタカタ鳴らしているので、感情そのものが完全に欠如しているというわけではなさそうだ。だが、感情が欠如していないとしても読めないのなら意味がなく、今は互角に戦えていてもこの状態が続くようならどうなるかわからない。

「（どうする？　一度距離を取るか、それとも一気に攻めるか……）しまった！」

一瞬、そう考えてしまったのがいけなかったのだろう。その一瞬の隙を突かれ、リッチに小烏丸を持っている方の腕を摑まれてしまった。

（嗤《わら》った⁉）

骸骨である以上、リッチには声帯というものがないので声を出したわけではないが、歯をこれまで以上に大きくカチカチと鳴らす様子は、間違いなくわらっているからだろう。

それは、戦いの最中に油断した俺を嗤っているのか、それとも勝利を確信して笑っているのかはわからないが、リッチはここに来て初めて感情を露《あら》わにした。

「くそがっ！」

その不気味な笑い顔を間近で見た俺は、鎌で切られるよりも不吉な予感を覚え、一か八かで体当たりを仕掛けた。この攻撃はリッチも予想していなかったのだろう。不気味な嗤い顔をやめて鎌を振り下ろそうとしたが、それよりも早く俺は懐に潜り込み、体当たりした後もそのままリッチを押し続けた。その結果、

「ぐあっ！」

勢い余って、リッチごとゾンビの群れに突っ込んだ。何も考えずにとにかく押し続けたせいで、いつの間にか高度が下がり、大分後ろの方まで下がっていたゾンビの群れに追いついたようだ。

群れに突っ込んだ衝撃でリッチはゾンビを蹴散らすような形で地面を転がり、俺は上空に弾かれてしまった。幸運なことに、突っ込んだ衝撃はゾンビによって大分緩和され、体中が痛むものの打撲と軽い骨折以外はしていないようだ。そこに、

「テンマ、下がるのじゃ！」

俺がリッチから離れるのを待っていましたとばかりに、ゾンビの群れに埋まっているリッチ目がけてじいちゃんが魔法を放ち始めた。

「今のうちに回復魔法を使うのじゃ！　テンマの攻撃とこの魔法で、あのリッチがくたばるとは正直思えん！」

普通の魔物なら、地面に激突した上にじいちゃんの魔法を何十発も浴びせられれば、生きているどころか形など保てるはずはないのだが、もしあのリッチが『大老の森』で現れたリッチ以上の存在……それこそドラゴンゾンビに近い存在だったならば、あれくらいの攻撃では倒せるとは思えない。

「じいちゃん、煙で見えなくなっているからもう少し離れて！」

回復魔法で怪我《けが》を治療した俺はすぐにじいちゃんのそばに行き、周囲を警戒しながら距離を取った。

「さて、あのリッチはどうなったかのう？」

「相変わらず俺の魔法に引っかからないから、どこにいてどんな状態なのかわからないけど……倒

していない気はするね」

これくらいで倒せる相手なら、『大老の森』のリッチは『テンペスト』だけで倒せていただろうし、先ほどじいちゃんの放った魔法も強力なものだったが、『テンペスト』を超える威力だったかと言われれば否である。

「テンマ、『テンペスト』か『タケミカヅチ』は使えぬのか？」

「使うだけならできるけど、当たるかどうかは別だよ。あいつの動きは速すぎるから、何らかの方法で動きを止めないと、当たる気がしないね。それに、外れるだけならまだいいけど、魔法の前後にできる隙を突かれると逆にこっちの命が危ない」

『タケミカヅチ』の威力ならあのリッチに大打撃を与えることも可能だろうが、威力の高い魔法はそれなりの準備が必要だし放った後の隙も大きいので、そこを突かれるとどうしようもない。しかも、倒せる可能性があるというだけであり、確実と言えない以上は今の時点で賭けに出るのは危険すぎる。

「それでは無理じゃな。必殺の一撃は、確実に決めてこそ意味があるからのう……テンマ、やはり残っておったな」

「マントは吹き飛んでいるし、見た感じダメージも受けているみたいだけど……致命傷ではないみたいだね」

案の定残っていたリッチは、体を隠していたマントをなくした状態で煙の中から現れた。これで腕や脚の一本でも吹き飛んでいたのなら、このままじいちゃんと魔法を連発すれば勝てるかもしれないが、見たところ骨に大きな損傷はない。あってもせいぜい一部が欠けている程度だろう。

「あれだと、激突も魔法も大して効果がなかったようじゃな……わし、魔法にはそれなりに自信があったんじゃがのう」

「地面に激突したのだって、かなりの衝撃があったはずなんだけどね……それこそ、一歩間違えていたら俺の方がぺちゃんこになるくらいには」

そんな強がりを言っている間に、リッチは手足を動かして体の調子を確かめていた。明らかに期待していたダメージどころか、その半分……の半分も与えられていない。

俺たちに対してわざと隙を見せているのか、それとも何ともないとアピールしているのかはわからないが、リッチの行動は不自然だった。そのせいで、俺とじいちゃんは下手《へた》に動くことができずにいる。

しかし、リッチは体の調子を確かめている最中に、何故か急に動きを止めた。それこそ、先ほどまでの動きよりも不自然だと感じるほどに。

「じいちゃん……あのリッチ、なんだか慌てているようにも見えない？」

「そうじゃな。もしかすると、予定外のことでも起こったのかもしれぬな……実に人間臭い動きじゃ」

これまでのポーカーフェイスが嘘《うそ》のように、リッチからは感情の揺らぎが見て取れた。俺の腕を摑んで嗤った時も不気味だったが、今のように慌てているリッチも不気味だ。

「もしかして、ゾンビの群れが減りすぎたからとか？」

よく考えれば、リッチが現れたタイミングは二発目の『火災旋風』でさらに多くのゾンビを倒そうとした瞬間だったし、あれだけ接近戦にこだわっていたのも、魔法の撃ち合いになってゾンビの数が減るのを嫌がったからだとすれば、まだ引っかかるところはあるがある程度は納得できる。

「それが正解かはわからんが、やってみる価値はあるかもしれぬのう……テンマ！ ここからは魔法戦じゃ！」

「了解！ 俺がさっきまでと同じようにリッチの相手をするから、じいちゃんは俺の援護をしつつゾンビを狙ってみて！」

これまでの戦い方をちょっと変えるだけなので、特に負担になるようなものではなく危険が増すわけでもない。むしろ、リッチ攻略の一助になるかもしれないので、ここに来て俺とじいちゃんの士気は、リッチとの戦闘が始まってから初めて上昇した気がする。

「それじゃあ、やるかのう……そりゃ！」

じいちゃんがゾンビの群れに向かって魔法を放つと、リッチはそれを阻止しようとじいちゃんに魔法を放とうとしたが、

「焦りすぎて、俺のことを忘れてないか？」

その前によそ見をしているリッチの横っ腹にハルバードを叩きつけた。

「平気そうに見えて、実は強がりだったみたいだな！」

実は激突と魔法のダメージが蓄積していたらしく、ハルバードの一撃でリッチの肋骨《ろっこつ》部分を数本砕くことができた。不意打ちになったのも良かったのだろうが、初めてはっきりと見て取れるダメージに気分は高揚した。もっとも、リッチに痛覚はないようで、肋骨が粉砕されても痛みに苦しむような素振りは見せなかったのは残念だ。

「じいちゃんに気を取られていると、自分の体が壊れることになるぞ！」

リッチは攻撃されてもじいちゃんの方が気になるようで、致命傷は避けているものの攻撃され放題だった。

「ぬぉりゃ────！　もっと燃えんか────！」

じいちゃんはというと、リッチを警戒しながらもゾンビの群れに魔法を放ち続けていた。そのおかげでゾンビの群れは見る見るうちに数を減らしていき、あっという間に三分の二から半分程度にまで規模を小さくしていた。これが人間の軍隊ならば全滅判定になってもおかしくはないが……相手はゾンビなので、できるなら判定ではなく、言葉通り全てを葬るのが理想だ。

それはじいちゃんもわかっているようで、手を緩めることなく攻撃を仕掛けている。あの様子だと、ゾンビがいなくなるより先にじいちゃんの体力か魔力が尽きるのが先かもしれない。

「お前も大分弱ってきているようだし、このまま勝たせてもらうぞ！」

俺の方も一切手を緩めることなくリッチを攻め立て、ついにリッチの片腕を叩き折ることに成功した。しかし次の瞬間、

「逃がすと思っているのか！」

リッチは突然背を向け、逃走を始めた。俺はリッチの腕を叩き折ったことに気を取られ、一瞬だけ行動が遅れてしまった。もしかするとリッチは、この場から逃げ出す為にわざと自分の腕を犠牲にしたのかもしれない。

「じいちゃん、リッチが逃げ出した！　気をつけて！」

リッチを追いかけながら声をかけるとじいちゃんは攻撃を一旦中止して、リッチの進路から距離を取るように移動した。

「止まった？」

「逃げたくせにいきなり止まるということは、何か企《たくら》んでおるのかもしれぬな……何にせよ、弱っておるのは間違いないのじゃ。叩くのなら今じゃろう」

腕を犠牲にしてまで逃げたというのに、中途半端な位置で止まったリッチは不気味だが、じいちゃんの言うことももっともで、何かを企んでいたとしても下手に時間を与えて回復されるよりは、リッチを企みごと粉砕するというのも戦い方としてはありだ。むしろ、弱っているこの時に仕留めないと、あのリッチは何をやらかすのかわからない怖さがある。それに、もしここで逃がしてしまい完全に回復されたら、次は最初から全力で俺を殺しにかかってくるはずだ。

「わかった。それじゃあ、一気に行く……えっ？」

じいちゃんと同時に魔法を放とうとした時、リッチの後ろから黒い靄《もや》のようなものが現れた。その靄はゾンビから出てきているようで、靄が出てこなくなったゾンビはその場で崩れ落ちている。まるでゾンビの魂にも見える靄はそのまま宙に消えることはなく、続々とリッチに吸い込まれていった。

「テンマ……あ奴の腕や傷が治っていくぞ……」

靄を吸収したリッチは、先ほどまで砕けていた腕が再生し、体中にあった傷も塞がって元の……いや、最初の時以上の禍々《まがまが》しさを漂わせていた。

「どういう理屈かはわからんが、あの靄で回復しているのは確かじゃ！ 魔力も上がっておるようじゃし、このままでは手がつけられんようになるぞ！」

「じいちゃん、少しだけ時間を稼いで！ 『テンペスト』を使う！」

「了解じゃ！」

リッチが靄を吸収する時間を少しでも遅らせる為に、じいちゃんはリッチだけでなく靄にも魔法を撃ち込み始めた。ただ、リッチにはあまり効果がないのかその場から動かすことができていないし、靄も魔法で多少は散らされていたが完全に消えているようには見えなかった。

「テンマ、来るぞ！」

「じいちゃん、俺の下で身を守っていて！　……『テンペスト』！」

リッチは全ての靄を吸収し終えると、俺の方へゆっくりと視線を向けてきた。その体には傷が一つもないことから、じいちゃんの魔法が効かなかったのか、魔法のダメージ以上に回復速度が速かったのかのどちらかだろう。

最初よりも強くなったと思われるリッチは、じいちゃんが俺の下に移動するのとほぼ同時に、鎌を振り上げながら向かってきた。

「ギリギリ間に合ったようじゃな」

しかし、リッチが俺に飛びかかるより先に『テンペスト』が発動し、リッチは突然目の前に現れた『テンペスト』に激突した。

「突き破ってくるつもりか！」

リッチは『テンペスト』にぶつかって弾かれるどころか、強引に突破しようと前進を止めなかった。このままだと、本当に突破してきそうな勢いだ。

「じいちゃん！　威力を上げるから、耐え切れなくなりそうなら俺の足にでも摑まって！」

そう言うとじいちゃんはすぐに反応し、俺の足を摑んだ。

「『テンペストF2』……『F3』」

『大老の森』で遭遇したリッチは、『テンペストF3』で耐え切れずに巻き上げられていたが、あれ以上の化け物のこいつにはもう一段階上げる必要があるだろう。

「『テンペストF4』」

万全の状態ならまだ威力を上げることができるが、今の状態でこれ以上となると魔力が持たない。

「まだ粘るのか……」

リッチは、さらに威力を上げた『テンペスト』の暴風にも耐えている。ただ、さすがに突破しようとしていた勢いは止まったようで、その場で必死にこらえているように見えた。

それなら自爆覚悟でもう一段階上げるかとも考えたが、このまま維持するだけでも大変なのにこれ以上は上げた瞬間に『テンペスト』が消える可能性もあった。

今はまだ拮抗《きっこう》状態ではあるが、リッチの体力よりも先に俺の魔力が切れそうなので、かなり不利な状況が続いている。

そんな中、

「これでもくらえ！」

じいちゃんがリッチに向かってナイフを数本投げつけた。まあ、そのナイフは『テンペスト』に巻き込まれ、ほとんどがどこかへ飛んでいったのだけれども……一本だけリッチのすぐそばを通過していった。

「じいちゃん！　使わない武器を渡すから、適当に投げつけて！」

「了解じゃ……ぬおっ！　重すぎるぞい！　危うく巻き込まれるところじゃったわ！」

ケリーかガンツ親方に渡そうと思ってバッグに入れていた、色々な壊れた武器の詰まった樽《たる》を真下に落とすと、じいちゃんはその樽を掴んだ瞬間にバランスを崩して『テンペスト』に突っ込みそうになった。よくよく考えれば、一抱えある大きさの樽にぎっしりと武器が詰まっているのだから、受け止めることのできたじいちゃんは色々とおかしいのかもしれない。

「よし、くらえ！」

張り切って武器を投げ始めたじいちゃんだったが、一〇本くらい投げたところで、

「ええぃ、めんどくさい！　テンマ、次じゃ！」

と言って樽ごと投げつけ、おかわりを要求してきた。

そのおかわりを投げて、またおかわりをしては投げてを繰り返し、四つ目の樽を投げようとした時、三つ目くらいの樽に入っていた武器がリッチに命中した。樽ごと投げているので、命中する時は続々と数十近い武器が当たるのだ。

力を込めて振るったハルバードでようやく破壊できるくらいの強度があったリッチの骨だが、壊れかけの武器とはいえ『テンペスト』の威力が乗ればハルバードに近い破壊力が出るようで、武器の当たった箇所はボロボロになっていた。

「これでとどめじゃ！」

じいちゃんは持っていた樽を三つ目と同じような場所に投げてリッチにとどめを刺そうとしたが

……

「爆発した⁉」

武器が当たる寸前で、リッチは突然爆発して見えなくなってしまった。どうして爆発したのかは

わからないが、そのまま様子を見ることにした。

リッチが見えなくなってから一〇分以上経過した頃、これ以上『テンペスト』を維持するのがつらくなってきたので、思い切って解除することにしたが、解除すれば姿を隠したリッチが襲いかかってくる可能性があり、しかも解除した瞬間の俺はかなり大きな隙ができる。なので、解除の瞬間はじいちゃんにフォローを頼むことにした。

「じいちゃん、『テンペスト』を解除するよ。三、二、一……解除」

「むっ！　……どこに行った？」

解除すると同時にじいちゃんは俺の前に移動し、そのまま俺を中心に旋回してリッチを警戒したが、リッチの姿はどこにもなかった。

俺も一息入れてからリッチを探したが、見える範囲にはいないように思えた。ただ、あのリッチは気配を消せるので『探索』で見つけることができなくても、だからといっていないとは断言できないのが怖いところだ。

「わしにはリッチどころかゾンビの気配すら感じることができぬのじゃが、テンマの魔法ではどうなっておる？」

「ちょっと待って……確かにリッチが魔法で見つけられないのは最初からだけど、ゾンビの気配も消えてる……少なくとも、『探索』の範囲内にゾンビはいないみたい」

「もしかすると、リッチはゾンビを回収して逃げたのではないか？」

「それは……いや、あり得るかも。あのリッチは途中からゾンビが倒されるのを嫌がっていたから、『テンペスト』から離れて見えなくなっている間に逃げた可能性はあるね」

「ふむ……そうするとあの爆発は、『テンペスト』から強引に離れる為と、わしの投げた武器から逃れる為に起こしたというわけか？」

「だと思う。あの威力の武器がいくつも当たるより、自分で起こした爆発の方がダメージは少ないし、ついでに『テンペスト』からも逃げられるからやったのかもしれない。それに、爆発で受けたダメージは、ゾンビから出てきた靄を吸収すれば回復するだろうし」

色々な疑問は残るが、とりあえずリッチはどこかへ逃げたと考えていいと思う。まあ、まだ気は抜けないけれども。

「とにかく、リッチが隠れているとしても、今のうちに少しは体力と魔力を回復させんとどうしようもないのう。テンマ、一度大きく下がるぞ。見晴らしのいい所で地面に降りて休憩じゃ」

じいちゃんの提案通り、リッチと遭遇した所から一〇キロメートル以上離れた草原のど真ん中にある小高い丘に降りて休息を取ったが……そのまま日が沈み夜が更け朝を迎えても、リッチどころか一体のゾンビすら姿を見せることはなかった。

「じいちゃん、数キロ先に騎士団が来ているよ」

「ふむ。ならば、驚かせぬようにせねばならぬな。近くに、周辺の警戒をしておる者はおらぬか？」

日が暮れ始めているし、空から近づくと騒ぎになるかもしれないので、周辺で警戒している人に仲介を頼むことになった。そこで、一番近くにいた五人組と接触しようとしたのだが……不審者が近づいてきていると思われたようで、一〇〇人規模の部隊に出迎えられることになってしまった。

まあ、すぐに誤解は解けたけれど。

ちなみに、騎士団のメンバーには俺とじいちゃんの親しい知り合いは選ばれておらず、何度かディンさんの訓練で一緒になったことのある騎士が隊長を務めていた。

「なに！　一〇万を超えるゾンビの群れじゃと！　おまけに、それを二人で壊滅させた⁉」

騎士団と遭遇した次の日。俺とじいちゃんがゾンビの群れの件を報告すると、アーネスト様は顎が外れそうなくらいに驚いていた。まあ、相手がゾンビとはいえ、一〇万を超える群れだと王都側もかなりの被害が出るから当然だろう。しかも、その中には四つ腕の化け物やあのリッチもいたので、かなりの被害どころか、壊滅的な被害になりかねなかったのだ。

この報告を受けたアーネスト様は、急いで俺とじいちゃんを連れて王城へ向かった。そして、その途中の馬車の中で、

「テンマとマーリンの二人がかりでも倒せない化け物⁉」

再度叫び声を上げた。

この時、アーネスト様の叫び声に馬が驚き、もう少しで馬車が横転するところだった。もし御者がクライフさんでなければ、確実に事故を起こしていただろう。もっとも、そんなクライフさんも、アーネスト様の叫んだ内容に驚いていたようで、事故を起こさなかったのは無意識の状態でも体が勝手に動いていたからだそうだ。

「つまり、確実ではないものの有効そうな方法は見つかったということですか。ただし、次もマー

リン殿とテンマの二人がかりだったとしても、そのリッチを抑え込むことができるかどうかは不明と……」

「いや、正直言ってかなり不利じゃろうな。あのリッチも、次は最初から全力で来るじゃろう。しかし、あの時はこちらとて万全の状態ではなかったし、何よりあんな化け物がいるとは思っていなかったからのう……」

「いくつか条件がありますけど、ある程度あのリッチの強さはわかったし、万全の状態なら一方的に負けることはないです」

俺とじいちゃんは、アーネスト様に引っ張られながら王様たちの所へ連れていかれ、もう一度アーネスト様に報告したのと同じことを話した。そしてその報告を聞いた王様たち（シーザー様、ザイン様、ライル様、ディンさん）は、報告の途中にもかかわらずアーネスト様やクライフさんと同じような反応をした為、落ち着くのにしばらく時間がかかってしまった。

先ほどのやりとりは、王様たちが少し冷静になってから残りの報告（現時点で、リッチに有効な対策と思われるもの）を話した後の反応だ。

「テンマ……そう言い切るということは、テンマを王国の戦力と数えてもいいということだな？」

「そう思っていただいて構いません。帝国……あのゾンビの群れとリッチに王都が襲われれば、プリメラやお腹《なか》の子の命に関わることですから」

「そういうことじゃ。ただし、あくまでもオオトリ家は協力者であり、軍の傘下に加わるわけではないからのう」

「陛下、皇太子殿下、軍部としましても、オオトリ家はあくまでも協力者であり、貴族と対等以上の立場にある独立勢力だと認識する必要があると思われます」

「財務卿《きょう》の立場から見ても、軍務卿の言う通りだと思われます。汚い話ですが、ゴーレムをオオトリ家の戦力として数えた上で傘下に加えた場合、戦後に支払う手当は莫大《ばくだい》なものになります。とてもではありませんが、支払えるものではありません。それよりも独立勢力として、事前に大まかな報酬を決めてから協力を仰いだ方が、費用は大幅に抑えることが可能かと思われます」

ライル様はともかくとして、ザイン様の方は俺とじいちゃんがいる前で話すような内容ではないと思うが……俺としてもリッチに集中したいし余力も残したいのでザイン様の発言はありがたいし、ザイン様もそういったことを理解した（金銭的な面も含めた）上で、わざと俺たちの前で言ったのだろう。

「ふむ、確かにその方が、王家としてもオオトリ家としてもやりやすいか……ただし、あくまでも協力者ということで最低限王家の指示には従ってもらう必要はあるが、テンマもマーリン様もそこは理解していただけますね？」

王様の確認に俺とじいちゃんが頷くと、すぐにその報酬の話になった。まあ、その報酬は全て成功報酬になるし、報酬の金額は他の貴族との兼ね合いもあるので今決めることはできないそうだが、オオトリ家が王国で暮らす上で必要となる税金の免除（年数及び種類は未定）が、金銭とは別の報酬としてもらえることになった。

「それとは別に、冒険者であるテンマに仕事を頼みたい」

報酬の話が終わったところで、シーザー様が仕事の話を切り出した。何でも王都付近での戦闘になった時に備え、ゾンビの群れに対して少しでも有利に戦えるように王都周辺に堀や塀を作る予定なのだそうだが、それを手伝ってほしいとのことだった。

その計画が出たのが、ゾンビの群れが辺境伯領の国境線を突破したとの報告があったすぐ後のことで、今はどこにどんなものを作るかという話を詰めている最中なのだそうだが、今のままだと間に合うかどうかわからないので、俺に絶対必要になると思われる王都を囲む堀を作ってほしいそうだ。もちろん俺一人が行うわけではないが、俺（プラス、ゴーレム）が加われば作業速度は格段に向上するとのことだ。

ちなみに、依頼料は一日で日雇い作業員の五〇人分を予定しているらしいが、その中にはゴーレムの代金も含まれているので、俺一人に五〇人分の手当を出したとしても、作業効率を考えれば十分お釣りがくる計算だそうだ。

正直言うと、今は余計な仕事を引き受けたくないのだが、王都の安全を考えると堀は絶対に必要なので、ある条件を付けて引き受けることにした。まあ、その条件自体は大したことではないので、すぐに承諾されて作業計画の相談に入ることになった。

その条件とは、

「大変な時にお仕事……まあ、お給料がいいし楽だからいいか！」

「そうじゃな。ゴーレムに簡単な指示を出すだけで五人分ももらえるのじゃから、小遣い稼ぎにちょうどいいのう……もっとも、リッチとゾンビの群れに負ければ、お金など邪魔になるだけかもしれぬがのう」

アムールとじいちゃんを、ゴーレムの責任者という名目で雇ってもらうというものだった。俺一人だけだと、堀を造りながらゴーレムに指示を出さないといけないので手間がかかるし効率も落ちる為、サポート要員としてゴーレムを任せることができる二人も雇わせたのだ。

「それじゃあ俺は大雑把に溝を掘っていくから、じいちゃんとアムールはゴーレムに指示を出して、溝を広く深くさせてね。そしてプリメラは絶対に無理をしないこと。何か少しでも異変を感じたら、すぐに知らせるように。ジャンヌとアウラも頼んだぞ」

ちなみに、じいちゃんとアムールも雇うことが決定した時点で、個人ではなく『オオトリ家』に依頼を出したことにしてもらっている。こうすることで、オオトリ家側は一人当たりの依頼料は少なくなるが交代要員が増えるし、王家からの依頼料は変わらないのに効率が上がるので、すんなりと受注者の名義変更は認められた。ただ俺としては、プリメラは家に残るだろうと思っていた（その為、マーサおばさんとアイナに来てもらう予定だった）のだが、たまには外で軽く運動をした方がいいと本人が言うので、久々にオオトリ家の全員が揃って行動することになったのだった。なお、オオトリ家という言葉の範疇《はんちゅう》にはメイド長（仮）も含まれているので、アウラのテンションはダダ下がり中である。おそらく、あと数分もしないうちに雷が……今落ちた。アウラは頭を押さえてうずくまり、涙を流しているようだ。

常に二〜三人（スラリンたちもいるので、実際はそれ以上いる）は空き時間がある状況なので、家族で遊びに出ているようにも見えるが、仕事はちゃんとやっているので文句は出ないだろうし、空き時間といってもそれは訓練にあてる予定なので、さぼっているようには見られないだろう。

もっとも、事前にオオトリ家の行動表（作業計画書）を提出しているので、予定通りに作業が進んでいればたとえだらけていたとしても問題はないはずだ。

事前に話し合った計画では、大まかに俺が堀の基になる溝を魔法で掘っていき、それをじいちゃんたちの指示を受けたゴーレムが広げていく形となっているので、俺は先行して幅一メートル×深さ一メートル程度の溝を飛びながら作っていく。まあ、溝を作るといっても土魔法を使うわけではなく、ゴーレムの核を等間隔で落としていくだけだ。その為、所々溝ではなくただの穴となっている所もあったが、今はそのままにしておいて先に進む。そして、一キロメートルほど進んだ所で折り返し、すでにできている溝の横に行きの時と同じ感じで溝を作るのだ。これで、深さ一メートルで幅が二メートル、長さが一キロメートルの堀の原型ができることになる。

溝を掘る為に作ったゴーレムの体（土）は今後塀などを作る時に活用するので、邪魔にならない所に集めてから核を回収した。ちなみに、溝を作り始めてから全てのゴーレムが土に戻るまで大体一時間ほどだったが、俺自身は往復で二〇分ほどしかかからなかった。残りの四〇分は、主にゴーレムが俺の所にやってくるのとそのゴーレムの核の回収にかかった時間だ。

この作業を反対方向にも一往復して、午前中の作業を終了した。昼まではもう少し時間があるが、今日予定している作業のほとんどを午前中で終えたので、昼休憩を長めに取り、午後は交代でゴーレムの監督をしながら訓練の時間にあてるのだ。もっとも、俺とじいちゃんはリッチやゾンビの群れと戦った時の疲れがまだ残っているので、体の調子を確かめつつ基礎的な訓練を行うといった感じだ。なので、ガツガツやり合うのはアムールとアウラの担当だ。いい教官役となるアイナもいることだし。

こうしたオオトリ家の午後の作業風景は、同じような依頼を受けた業者や冒険者、たまたま近くを通った一般人や様子を見に来た野次馬に異様なものを見るような目を向けられたりしたが、作業自体はどこよりも圧倒的に進んでいたので文句が出ることはなかった。ただ、

「ジャンヌ、あなたは他の皆と比べて体力が少ないんだから、もっと走り込みなさい！　って、アムール！　アドバイスをしている時に、不意打ちしない！　危ないでしょ！」

「ちっ……」

次の日から、何故か『監督者』という名の近衛兵《このえ》が就くことになった……この役目の人たちの方がさぼりではないのかと思うが、実際は『監督者』というのはおまけのようなもので、本来の目的は作業者の中にスパイ（帝国や強行的な改革派の手の者）が紛れていないか見張ることと、堀と塀の他に必要なものがないか確認したり、作戦が立てやすいように現地を視察したりすることらしいので、オオトリ家だけでなく他の所にも騎士が派遣されているとのことだ。クリスさんが選ばれた理由は、我が家は色々な意味で規格外なのでオオトリ家に慣れている知り合いを送り込むことに決まったからだそうだ。その結果が、もう一人の鬼教官の誕生となったのである。

ちなみに、監督者はもう一人派遣されており、そのもう一人はエドガーさんなのだが……彼はクリスさんが仕事をしないことについては諦めているようで、クリスさんの行動に関しては完全に無視して作業の確認や地形の確認をしていた。その中で、堀や塀についての話し合いも行ったのだが、地形に関しては王都周辺ということもあり大きな起伏がない為、地形を利用した戦術がとりにくいことが問題視された。

そこで杭を打つなどの提案をしたのだが、守るには有効でも攻めるには不向きということで保留となり、一度ディンさんに相談した上でライル様に提案することになった。

そしてその次の日の作業三日目には堀が完成し、あとは騎士団の方で使いやすいように調整することになった。その日はディンさんとジャンさんが様子を見に来ていて、完成の速さに驚いてはいたが動員したゴーレムの数を聞いて納得していた。なお、他の業者が担当している堀はどこも四分の一程度の進み具合らしく、発注元の王家からするとオオトリ家のコストパフォーマンスはかなり高かったそうだ。なので、追加で仕事が発注された。

次の作業場所は王都から数キロメートル離れた場所で、ハウスト辺境伯領方面からゾンビの群れが侵攻してきた時に通ると思われる場所であり、軍部がゾンビの群れを迎撃しようと想定している場所の一つでもあるらしい。依頼内容としては、軍が防衛に使う空堀を数本と、掘った土や石の運搬作業とのことだった。

今回は距離が少しあるのでプリメラは連れていくことができないが、俺と交代要員でじいちゃんとアムールがいれば空堀くらいなら一日二日でできるだろうと言うと、ディンさんは明日から作業を始めてくれと言い出した。

契約内容としてはこれまでの作業を延長する形になるので、条件は変わらないそうだ。だが、空堀は王都のそばに造ったものより小規模でいいそう（その代わり数本必要）なので、一本の堀を造るのに一度の往復で済みそうなのだ。

「頑張れば、一日でいけるかも？」

「いや、そこは一日くらい作業を引き延ばしてもバレぬのではないか？」

「……テンマ、マーリン様、隊長は明日からと言いましたが、堀の詳しい位置を決めないといけませんので、明後日から始めてください」

と、ジャンさんに作業日を変更されてしまった。明日は騎士団の工作部隊を現地に派遣して、堀の位置を決める作業をするそうだ。これは俺とじいちゃんの悪ふざけを真に受けたからではない

（こともない）と思うが、実際は俺たちが掘った空堀が騎士団の邪魔になる可能性もあるからというのが本当のところだろう。

ディンさんからオオトリ家が依頼を受けた堀の作業の終了と明後日からの作業内容が書かれた簡易的な書類を受け取り、皆で家に帰ろうとすると、

「お姉ちゃんはディンさんと一緒に帰ればいいのに……」

「アウラ、そんなこと言わない方が……」

「ジャンヌ、手遅れ」

などという寸劇が行われ、アウラがまた頭を押さえて涙を流すシーンがあったが、それ以外は何事もなく無事に帰宅することができた。

第三幕

「テンマ、空堀を一〇本も造ってもらっておいて今更訊くのも何だが……こんなに必要なのか？」

「これくらいなら、ゾンビですぐに埋まると思いますよ。むしろ、防衛だけを考えるのならこの一〇倍でも心もとないかもしれません」

「兄上、テンマの言う通りだと思いますよ。まあ、実際はこの堀で進行を鈍らせたところに魔法を食らわせて数を減らしていくという戦法を取ることになるでしょう」

「ふむ……その言い方だと、ここと同じような陣地が複数必要ということになるのかな？」

「ええ、まあ……ですので、資金の方をよろしくお願いします」

予定通り二日でできた空堀を見に来たザイン様は、逆に騎士団の邪魔になるのではないかという風に感じているようだが、これくらいの堀など一～二万の群れですぐに埋まる気がする。

ライル様は軍務に関わっているだけあってすぐに俺の考えに同調したが、ザイン様は詳しく説明されないと理解できなかったようだ……というか、この陣地を構築するのにかかる費用が気になるらしい。

費用に関してはライル様が陣地の必要性を必死になって説いたので、最終的にほぼライル様の要望通りに出してもらえることになったのだが……資材購入の際には全てザイン様かザイン様の指名した部下のチェックを受けることと、堀や塀の作業に関しては騎士や兵士を動員するか格安で請け負う業者……つまり、俺を指名するか俺と同額に近い賃金で請け負う所を探すようにと念押しされていた。

「助かる、兄上……そういうわけでテンマ、頼んだぞ」

などと、俺が引き受けることがすでに決まっているかのように言うライル様だったが、

「ライル……今の態度、母上に報告するが構わないな?」

ザイン様に睨まれて俺に平謝りし、マリア様には内緒にしてほしいと必死になって頼み込んでいた。

「たとえテンマや他の業者に頼むことになるのだとしても、軍部からも多くの者を出すことになるのだ。業者の前に、軍部から何人出せそうか大まかでいいからすぐに算出してこい!」

「りょ、了解しました、兄上!」

役職的には同格なはずなのに兄弟間の力関係には逆らえないようで、ライル様はザイン様に尻を叩かれる形で、ライル様に同行してきた軍の幹部と話す為に走っていった。

「さて、テンマ。ライルがいないうちに訊いておきたいことがあるのだが……」

ザイン様はライル様が十分に離れたのを確認してから、おもむろに口を開いた。その言い方がどこか訊きにくそうにしていると感じたので、金銭的な話でもしたいのかと思っていると、

「今後造る予定の堀や陣地がゾンビの群れに耐え切れず、王都の内部が戦場になる可能性はどれくらいあると思っているのだろうか?」

「それは、ゾンビの群れ以外も敵に回る可能性も含めてですか?」

「そうだ」

ゾンビの群れ以外……つまり、改革派が混乱に乗じてクーデターを起こす、もしくはゾンビを率いているはずのリッチと結託して攻めてくるというものも含めるということだ。

その質問に対して俺は、

「五割は超えると思っています。むしろ、確実に戦場になると想定していた方がいいのかもしれません」

「やはりか……」

ゾンビの群れだけなら、確率は多くても五割程度だと思っている。確かにリッチは強敵で、俺とじいちゃんの二人がかりで勝てるという保証はないが、次は騎士団や冒険者たちの援護が期待できるので、数に押されるということはないだろう。もし数で負けていたとしても、こちらの方が質では勝《まさ》っていると思うし、リッチとの戦いにしてもディンさんやジャンさん、それにジンといった戦いに慣れている人たちの援護も期待できる。

そういった理由から、王都を中心にした防衛ラインを作れば、こちらが有利に戦えるのは間違いないと思う。唯一の懸念はリッチの強さがどこまで上がるのかというところだが、最後に戦った時の強さくらいだったら、万全の状態で戦えば俺一人でも十分時間を稼げるだろうし、じいちゃんと二人で戦えば負けることはないと思う。

しかし、リッチとゾンビの群れに対応している間に背後、もしくは王都内部から裏切り者たちに攻められ、そちらに戦力を取られるようなことになれば、ゾンビの群れを押さえることすら難しくなるだろう。そうでなくとも王都内部でクーデターを起こされれば、その時点で王都が戦場になるといえるし、クーデターの最大の標的はザイン様たち王族になるだろう。

「王都の内部が戦場になるということは、第一の標的は父上と母上か……テンマ、内部が戦場になるようならば、それはほぼ負け戦の時だろう。その場合は、最低でもティーダかルナのどちらか、できれば兄上かライルのどちらかも一緒に連れて逃げてくれ」

「王様とマリア様ではないのですか?」

「そうだ。よほど余裕があるのならば母上も連れていってほしいところだが、そんな余裕がある状況ならば、逃げ出す前にテンマがクーデターを制圧しているだろう」

　国の象徴となる人物は間違いなく王様と王妃様のはずだが、ザイン様はその二人を見殺しにしてでも、ティーダかルナを優先してほしいらしい。

「というか、ザイン様はそういった状況になれば俺が逃げ出すと確信しているんですか?」

「以前のテンマなら父上や母上だけでなく、義姉上《あね》や私にミザリアも無理してでも助け出そうとするだろうが、今のテンマには私たち以上に優先するべき存在があるからな。もし仮に私がそのような状況に追い込まれたとしたのなら、ミザリアだけでも連れて逃げ出そうとするだろう」

　ならばなおさら、その優先してほしい人物の中にミザリア様が入っていないのが気になる。

　そんな俺の疑問に答えるようにザイン様は、

「しかし王族としての私は、万が一の場合には王家の血筋を残すことを考えないといけない立場でもあるのだ。その為、次代の王家を繋《つな》ぐことのできる可能性の高いティーダとルナのどちらかは、絶対に逃がさないといけない。そして二人を逃がし、守ることができるのはテンマくらいなのだ。もしもの時は、私や父上母上の最後の願いだと思って、力を貸してくれるとありがたい」

　と言って頭を下げてきた。

　真剣な表情のザイン様に、俺もできる限り全力を尽くすと約束すると、ザイン様はホッとしたのか幾分表情が和らいだ。だが、続けてミザリア様はどうするのかと訊くと、

「そのことについてミザリアとはすでに話し合っている。もしもの時は、共に最期を迎えるつもりだ」

ザイン様は、自分とミザリア様の優先度を一番低くしているらしい。ザイン様のことだから、ミザリア様だけでもと言うかと思ったが、イザベラ様やマリア様の優先度を下げている以上、例外はないのかもしれない。その代わり、その時は自分も一緒にということなのだろう。

「今日話したことは、ここだけの秘密にしておいてくれ。もしライルやティーダがこの話を知れば、必ず反発するだろう」

二人がこの話を知れば、ザイン様の言う通り反発するのは目に見えている。だが、ライル様はともかくとして、次代の皇太子となるべきティーダがそれでは、王家としては問題かもしれない。

「万が一その時が来れば、気絶させてでも連れていきますので安心してください」

「頼む」

確実に助け出すとは言えないが、できる限りのことはしようと決めてザイン様と握手を交わしていると、

「兄上、陣地の数と一つ当たりに出せそうな人数を大まかですが出してみました！」

ライル様が大声を出しながら走ってきた。

ライル様は俺とザイン様が握手しているのを見て一瞬怪訝《けげん》な顔をしたが、すぐに元に戻してザイン様に数が書かれた紙を渡していた。そして、

「却下だ。まだテンマに依存しすぎている。せめてこの倍は出すように。それと、陣地の数に関しても、何故この数が必要なのか詳しく書かれていない。このままでは、予算を出すことはできないぞ」

と、ざっと目を通して即座に却下した。そしてそのまま、ライル様を引き連れて軍の幹部たち

の所へ向かい（自分が連れてきた財務部の幹部も呼び寄せ）、臨時の会議を始めた。その会議には、何故か俺も同席させられたが……軍の幹部も財務の幹部も俺は会議に必要な人物だと判断しているらしく、両方から普通に意見を求められたりしたのだった。

会議の結果、軍部の要求する予算では最初に造ったレベルの陣地は半数もできないということになり、俺は堀の基礎だけ担当することに決まった。

基礎とはいうもののある程度の深さと幅を掘るため、そのままでも堀として使うことも可能となる予定なので、その分だけ軍部は塀などの地上部分に集中して作業することができるし、地上部分ができてから堀の方に手を加えても、ゾンビの群れには十分間に合うと判断したのだ。

「ゴーレムを使う方法だからあまり負担にならないとはいえ……数が多い分、かなり大変だな」

「それはまあ、すまんとしか言えないが……その代わりと言っては何だが、作業予定地に部下を先行させて印を付けさせているから、仕事はやりやすいはずだ」

と、俺の独り言を聞いたライル様は言うが、

「ライル……それは軍部がやって当然のことだ。テンマ、今回の作業のことは、事態が落ち着けば王家からは当然として、私とライルからも個人的に謝礼を出すことを約束しよう。それと作業費に関してだが、全額まとめてはさすがに無理ではあるが、何割かはすぐに支払えるように手配している。早ければ、今日中に渡せるだろう。残りもなるべく早く支払うつもりだ」

ザイン様は、会議が終わった後すぐに数名の部下を王都に戻らせて、俺への報酬の書類を作らせているらしく、金額は明言しなかったが財務卿の権限で即座に払えるギリギリの金額にしたらしく、よほどのことがなければ今日か明日には受け取ることができるそうだ。俺としては別に急いでいな

いのだが、ザイン様なりの誠意ということらしい。ついでに、個人的に報酬を出すということも。王家と個人的な報酬に関してはそれが何なのかは言わなかったが、何となく金銭的なものではないような気がするので、おそらく税金免除のようなものだろうと思う……というか、お金には今のところ全く困っていないので、そっちの方がありがたい。まあ、俺の方からお願いするわけにはいかないが。

何をもらえるのかはわからないままだったが、報酬の話は一応終わったので作業に関する打ち合わせを行い、終わった後すぐに陣地の予定地に飛んだ。

最初の予定地には打ち合わせの間に先行したライル様の部下が待機しており、俺が作業しやすいように準備をしていた。そのおかげで作業は想定よりスムーズに進み、その日のうちに三か所、その次の日には残りの七か所を終えることができた。

一か所につき長さ五〇〇メートルほどの堀が三本なので最初の陣地の数分の一の規模ではあるが、そこに籠もって防衛することが目的ではないので、これ以上大きくすると王国側の移動に支障をきたす可能性があるのだ。それに、これらの陣地は王都で迎え撃つことになった時の為に、ゾンビの群れの侵攻速度を遅らせることと数を少しでも減らすことが目的なので、凝った造りにはせずにあとは簡単な塀を作って完成になる予定だそうだ。もっとも、それらの作業は軍部と軍部が手配した業者が行うので俺が関わることはない。

「ただいま」

「おお、思ったより早かったのう。ちょうどテンマに頼まれとったのが終わったところじゃ」

屋敷に戻ると、ちょうどじいちゃんとアムールが玄関から出てきたところに鉢合わせた。何でも、俺の頼んでいたことが終わったので、運動がてら手合わせをするところだったらしい。

「誰にどれだけ渡すかはこれに書いておるから、後で目を通しておいてくれい」

そう言ってじいちゃんは、数枚の紙を束ねたものを投げて寄越した。

庭に向かう二人を見送り、俺はじいちゃんに渡された紙に書かれた内容を読みながら他の誰かがいそうな食堂に入ると、

「あっ！　テンマさん、お帰りなさい」

プリメラが食事中だった。中途半端な時間帯だったが最近のプリメラは食欲が増してきたようで、無理のない範囲で食事の回数を増やしているのだ。まあ、その分一回の食事量は少なく、全てを足してもジャンヌと同じか少ないくらいの量なので、今のところ特に問題はないみたいだ。むしろ、出産のことを考えれば、体力増強の為にももう少し増えた方がいいのかもしれない……と、個人的には思っているが、それと同時に、余った分を味見と称して食べているアウラの方は、今後のことを考えて運動量を増やした方がいいとも思っている。

「テンマ様も食べますか？」

俺の視線から何か感じ取ったのか、アウラがお代わりをやめて残りを俺に勧めてきた。この場面をもしアイナが見たら、「主《あるじ》に自分の食べた残りを勧めるとは何様のつもりだ！」などとアウラを怒るかもしれないが、俺にとっては特に気にすることではないので、それについては何も言わずに用意してもらうことにした。ちなみに、俺が『食べる』と言った瞬間、アウラはわかりやすく残念がっていた。

「テンマさん、それはおじい様がしていたことの報告書ですか？」

食事を終えて報告書の残りを読んでいると、報告書の内容が気になるのかプリメラが遠慮がちに訊いてきた。特に隠すようなことは書いていないし、プリメラたちにも関係のあることと言えるものなので読み終わったところを渡すと、一枚一枚を二人で覗《のぞ》き込んで読んでいた。これもアイナからしたら説教の理由になるかもしれないが、プリメラ自身が何も言わずにアウラにも見えるようにしていたことからもわかるように、これも我が家では普通の光景なのである……いいか悪いかは別として。

この報告書には、ククリ村の人たちの住所やオオトリ家までの距離といった情報に、王都が戦争に巻き込まれた場合に備えて誰にどのくらいの武器や食料を渡すかなどが書かれている。

少し前から王都が戦場になった場合はオオトリ家に集まって交戦、もしくは全員で王都から脱出するとは決めているが、住んでいる場所によっては逃げ遅れることもあるだろうし、家まで来ることができない可能性も十分に考えられる。そんな時の為に、少しでも生存確率を上げる為に武器や食料を渡すことに決めたのだ。

「サンガ公爵家も書いてくれているのはありがたいのですが、別になくても大丈夫だと思います。兄様は隠していると思いますが、確実に最悪を想定して準備しているはずです。同様に、サモンス侯爵家とハウスト辺境伯家もです。すでにゴーレムを多数貸しているので、これ以上は合流した時に足りない分をその場で貸すくらいでいいと思います。ただ、逆に王家に関しては増やした方がいいです。たとえ王都が壊滅的なダメージを受けたとしても、王族が一人でも残っていれば再起は可能です」

さすがと言うべきか、プリメラはザイン様と同じようなことを提案してきた。ちょっと実家《アルバート》に対して冷たいようにも感じるが、余裕のある所にわざわざ手を貸すことの必要性は薄いということなのだろう。その代わり、その分を王家に割り当てて、後々の大義名分とする為に動いた方がいいということらしい。

「実は、ザイン様にも同じようなことを言われてね。最悪の場合、ティーダとルナのどちらかだけでも保護してほしいと言われたよ」

そう話すと、プリメラは『やっぱり』という感じで頷いていた。

「でしたらすぐに数を修正して、王家と話し合いをした方がいいかもしれません。場合によっては王都からばらばらに避難し、離れた場所で合流することも考えられるので、避難先の候補やルートなどを選ぶ必要があると思います」

プリメラに言われ、とりあえず余裕のありそうだと言われた三家についての支援は一旦白紙に戻し、それで浮いた分を王家への支援に回すことにした。

「それらの対価の話になった際には、合流後のククリ村の人たちの安全を出してください。集団になった時、何かあった際に真っ先に斬り捨てられるのは立場の弱い人からになります。テンマさんやマーリン様のことをよく知っている近衛隊などは、どちらかが合流した時のことを考えてオオトリ家を敵に回すようなことはしないと思いますが、ギリギリまで追い詰められた時の行動はわかりませんし、事情をよく知らない騎士団の末端などは簡単に切り捨てることを選ぶと思います。そうならない為にも、王族の名で安全を確約してもらいます。次に、逃走の最中、オオトリ家は王家の完全な配下ではなく、同等に近い立場にある存在だと正式に認めてもらってください。その方が、ククリ村の人たちをより安全に守ることができると思いますので」

他は全てが終わってからでも構わないが、その二つだけは事前に約束してもらい、できれば契約書のようなものに残しておいた方がいいとプリメラは言った。

それは、極限の状況下に置かれた際の王家が信用できないということではなく、その状況下の兵士や騎士たちをより強く牽制《けんせい》する為だそうだ。つまり、同盟に近い立場のオオトリ家と縁のある人たちを粗末に扱えば、俺やじいちゃんが粗末に扱った者たちと敵対することもあり得、王家も庇《かば》うことはできないと理解させる為だそうだ。

実際にはそういった状況（王都から集団で逃げ、その最中にククリ村の人たちが理不尽な目に遭うような状況）になる確率は低いと思うが、備えるに越したことはないというのがプリメラの考えだった。

「わかった。そういったことも含めて、なるべく早く王様たちと話し合ってみよう」

今日はちょっと遅いので、明日にでも王様たちの予定を聞いて話し合いの場を設けてもらえそうな日を決めることにした。

王様たちとの話し合いがどういう結果になるかはわからないが、条件を認めてくれる可能性は高いと思う。何せ、ゴーレムだけでもかなりの数と戦力になるのだ。それが味方に付くことになるのだから、限定的な状況下なら受け入れてもらえるはずだ。

その後、風呂に入るというプリメラと一旦別れ、じいちゃんに今話し合ったことを伝え、王様たちとの話し合いに同行してもらえるように頼もうと庭に向かった俺は……じいちゃんとアムールに強引に組み手に付き合わされて話すタイミングを見失ってしまい、そのまま話し合いとそれに同行してほしいと伝えることを忘れてしまった。

結局、俺がじいちゃんにプリメラと話し合った内容を伝えたのは王様たちと約束した当日（プリメラと話し合った二日後）の出発直前だった。まあ、王城に行く途中の馬車の中で大まかにじいちゃんは理解していたし、話し合いの最中は俺のフォローをすると同時に、ノリノリでアーネスト様とやり合っていた（アドリブでアーネスト様から個人的に報酬を引き出そうとした）。

ちなみにオオトリ家からの援助は、薬以外（武器や食料）は遠慮されたが、逃走の際の条件は全面的に受け入れてもらえた。俺の思った通り、多数のゴーレムが味方に付くのなら対等に近い立場を主張するのは当然のことで、王家の味方でいるうちは何の問題もないとのことだった。


王家との話し合いから数日後、南部からオオトリ家に正式な使者としてラニさんとレニさんがやってきた。まあ、正式といっても、いつも通り南部の商品などを持ってきているので、どちらかというと使者はついでのように感じるが、ラニさんたちはかなり真剣な話だと言うので、俺とじいちゃん、そしてプリメラとアムールも同席しての話し合いの場を急遽《きゅうきょ》用意することになった。

「このたびは場を設けてもらい、誠に感謝いたします。こちらは我が主からの書状となります。ご確認ください」

いつもとは違う言葉遣いと態度で、ラニさんはハナさんからだという一通の手紙を差し出してきた。ラニさんから受け取った手紙をその場で開封し中を読むと、大体予想していた通りの内容が書かれていた。それをじいちゃんに回し、そこからプリメラへと渡って最後はアムールの所に行った。

宛名が俺になっている手紙なので、オオトリ家の姓を名乗っているじいちゃんやプリメラはともかくとして、南部子爵家の令嬢であるアムールにまで回す必要はないものだったが、手紙を読んだプリメラが当たり前のようにアムールへと渡したので、誰に何を言われる間もなくアムールも手紙を読んだのだった。まあ、別にアムールが知ったからといって問題のある内容ではなかったし、アムールにも関係のあることが書かれていたので構わないというのがプリメラの判断だったのだろう。ちなみに、じいちゃんとプリメラはその手紙を読んで頷いただけだったが、アムールは少し眉をひそめていた。

「後日オオトリ家の名で書いたお礼の手紙を渡そうと思います。申し訳ありませんが、二〜三日ほど王都での滞在をお願いします。もし宿がお決まりでなければ、当家をご利用ください」

「わかりました。ただ、私はこの後予定があり、すでに宿の手配が終わっておりますので、妹の部屋だけお願いします。手紙の方ですが、三日後にこちらの方に寄らせていただきますので、それまでに用意していただければ幸いです」

「それでは、レニさんにはいつもの部屋を用意させていただきます。手紙の方は三日後の昼までに用意しますが、急な用事で来られなくなった時はレニさんに預ければいいでしょうか？」

「そのようにお願いします」

ラニさんはこの後別の仕事があり、レニさんよりも早く南部へ戻る予定となっているそうで、三日後に手紙を受け取ったらその足で帰るとのことだ。多分その別の仕事とは、王都で活動している仲間たちからここ最近の情報を集めて持ち帰るとかだろう。そしてレニさんの方も、ゾンビの群れなどの話を俺とじいちゃんから聞く仕事があるのだと思われる。それと、いつものようにアムールの素行調査も。

使者としての話が終わったところで、俺はジャンヌとアウラを呼んでレニさんの部屋を用意するように言うと、準備に向かった二人に続いて、レニさんとアムールもついていってしまった。もっとも、アムールはついていったというよりはレニさんに半ば強引に引っ張られての退出だったので、アムールとしてはもう少しここに残るつもりだったのかもしれない。

「それでは、ここからはいつもの行商人ということで……こちらがテンマさんの柚子胡椒《ゆずこしょう》に関する取り分の目録です。今回は柚子が確保できましたので持ってきました。それと小豆《あずき》ですね」

今回の俺の取り分（流通税代わり）は柚子と小豆のみで、その代わりそれぞれ数十キログラム（プラス、数キログラム入る袋を五つずつ）持ってきているそうだ。金額にするといつもよりかなり多いように思えたが、ここ最近の柚子胡椒の売れ行きが好調なので増やしたいとか。

その他に、ラニさんの持ってきた商品をいくつも買ってプリメラに注意される場面もあったが、いつも通り満足のいく買い物ができた。

買い物の後はラニさんの質問にいくつか答え、今後の打ち合わせを一時間ほどした。その間、アムールやレニさんは戻ってこなかったのが少し気になったが、もしかするとあちらも別口で情報収集されているのかもしれない。

「これでいざという時の逃げ場も確保できたな」

「ええ。ただ、南部の援軍の確約ができなかったのは、王家としては痛いですね」

「仕方がないじゃろう。もしゾンビの群れが『大老の森』からも現れた場合、南部に侵攻することも考えられるからのう」

ハナさんからの手紙には、もし俺たちが王都から脱出する場合、南部はオオトリ家とその同行者たち……を受け入れると書かれてあった。ただし、その際の王都への救出部隊の派遣は難しいらしく、しかも王都から俺たちが逃げ出すほどの状況だとすると、その後で南部が攻められる可能性も高いので、迎えも南部子爵領のギリギリかその少し先までくらいしか出せないかもしれないとのことだ。

いくら獣人が基本的に人族よりも頑丈で体力のある種族とはいえ、長距離の移動は大変であることには変わりないし、俺の家族やアムールはともかくとして、自分たちの身を危険にさらしてまで王様たちを助ける義理は薄いということも書かれていた（王様たちへの手紙には別の理由を書いているそうなので、この手紙の内容は話さないでほしいとのことだった）。

「これだけ読むと、南部は王国に見切りをつけているとも取れるけど、絶対に助けないとは書かれていないんだよな。何ていうか、じらしているようにも感じるし」

ハナさんの手紙には、王都が危機的状況に陥った時のことしか書かれてなく、その前の段階には触れていなかった。

「南部としても、王家に恩を売るのならより効果的な演出をしたいじゃろうからな。渋るのは当然じゃろう。アレックスの手紙には書かれておるかもしれぬが、オオトリ家への手紙には書かぬ方がよいと判断したのかもな」

「南部子爵領は自治区ですから、たとえ王家からの要請だったとしても、無条件で『はい、出します』では示しがつかないというのもあるのでしょうし、それと同時に南部は王家よりもオオトリ家を優先していると取られるのはよくないということかもしれません。オオトリ家には南部子爵家のアムールがいますから、万が一の時は受け入れるというのは別におかしなことではありませんから、多少ならオオトリ家への手紙の内容が他に知られてしまったとしても、問題はないということでしょう」

面倒臭い話ではあるが、南部はハナさんの南部子爵家が完全に支配しているというわけではなく、『南部子爵家を旗頭とした集合体』という側面が未《いま》だ強い上に、その気になれば南部だけでも国としてやっていけるだけの力があるのだ。ハナさんが頼りないと判断されればその旗頭は別の者に替えさせられ、南部は独立という道を選んでしまうかもしれない。

そういった理由から、ハナさんとしてはあまり下手《したて》に出ていると思われるのは良くないだろうし、王家は南部との仲がこじれる可能性がある以上、一度断られたからといっても強く批判することはできないはずだ。だが、今の時点で王家を蔑ろにしているというように取られるのは避けたいとの思いがハナさんにあるので、俺宛の手紙からはその部分を省いたのかもしれない。

「なら、一度目は渋っておいて、二度目の要請で承諾って感じかな？」

「ついでにアレックスに頭を下げさせてのう。何なら、わしの方からアーネストも頭を下げるように要請してやってもいいんじゃがな……その方が面白いしの！」

「さすがにそれはやりすぎかと……」

いつものじいちゃんの悪ふざけに、さすがのプリメラも若干引き気味だ。これがそばで聞いていたのが俺だけだったら、間違いなく笑って聞き流しているところだろう。

「でも、じいちゃんが王家と南部の間に入るというのも、もしかしたらいい考えかもしれないね。いつものようにアーネスト様とふざけ合っている中で、じいちゃんが『南部との間を取り持ってやるから恩に着ろ！』みたいに言ったことにして、そこから南部子爵家と王家の同盟が実現したことにすれば、案外すんなりと収まるんじゃない？」

自分で言うのも何だが、俺とじいちゃんは南部でもかなりの人気があるので、どちらかが間に入れば案外すんなりと納得する南部の住人は多いかもしれない。ただ、俺が動くとオオトリ家の大きな功績がまた一つ増えることになるので、じいちゃんとアーネスト様の腐れ縁を利用して、二人の個人的な繋がりから王家と南部子爵家が結びついたという感じの印象を強くしたいのだ。これなら報酬の話になっても、じいちゃん個人に渡してくれと言いやすくなる。

「ふむ……確かに面白いかもしれぬのう。それに何より、ほぼ確実に成功するとわかっていることの立役者になれるかもしれぬのじゃ。アーネストやアレックスからの報酬も期待できるし、悪い話ではないな。それなら、急いで会いに行ってみるとするか！」

そして「準備をせねば！」などと言いながらじいちゃんは、走って自分の部屋に向かっていった。

「案外ハナさんは、俺かじいちゃんに南部子爵家と王家の間に入ってほしかったのかもね」

「かもしれませんね……というか、おそらく間違いないでしょう。南部子爵家の親しい知り合いの中で、一番王家に影響力があるのはテンマさんとおじい様ですから、どちらかが間に入ってくれれば、南部にとって悪いことにはならないと考えてもおかしくありませんので」

「テンマ様！　つい先ほど、マーリン様が廊下の窓から飛び出していきました！」

じいちゃんが飛び出してから数分後、プリメラと話しているとアウラが慌てた様子で知らせにやってきた。どうやらじいちゃんは、玄関からではなく廊下の窓から飛んでいったようだ。その光景に驚いたアウラは、何か起こったのかと知らせにやってきたみたいだが、俺がじいちゃんはアーネスト様の所に遊びに行ったと言うと、「何だ、いつものことですね」と納得顔で戻っていった。

「もう慣れましたけど、オオトリ家ではいつものことであっても、普通に考えると二階の窓から飛んで出かけるのは異常なことですから、子供の前では気をつけてくださいね」

「はい……善処します……」

プリメラには善処ではなく絶対にやめてくれと言われたが、正直言って無理だと思う。まあ、そんなことは口が裂けても言えないので、黙って頷きはしたが……守れる自信がないのはプリメラにバレていたようで、何度か念押しをされたのだった。

ちなみに、じいちゃんは飛び出してから一時間ほどで戻ってきた。何でも、王家にとってじいちゃんの提案は渡りに舟だったそうで、すぐにじいちゃんを窓口ということにして南部と交渉を始めるとのことだ。報酬は大量の高価なお酒や珍しいお酒とのことで、じいちゃんの好みをよく知るアーネスト様らしい契約だと思う……じいちゃんをこき使うところまでよくできている。

「名前を貸してやるのだから、他のことは自分たちでやればよいのに……」

「いや、名目上のこととはいえ、じいちゃんが南部との窓口になるんだから、その話し合いや手紙の内容を知っておかないといけないだろうし、何よりもじいちゃんからもハナさんに手紙を出す必要があるでしょ？　楽しておいしいところだけ持っていこうというのは、さすがに図々しすぎるよ」

「ええ、王家としては無理におじい様に頼まなくても、次の交渉まで待てばいいだけの話ですからね」

「プリメラと同じことをアーネストから言われたわい。お主の名を借りなくても、一か月もすれば話はまとまっているはずだ、とな」

元々が出来レースのようなものだから、最終的に南部との話がまとまるのはわかっていたことだろう。多分、じいちゃんが間に入ったとしても、一か月が半月に短縮される程度の違いでしかないはずだ。

しかし、あえてじいちゃんの悪だくみを受け入れたということは、王家がそれだけ半月の差を重要視しているということに違いない。そうでなければ王様はともかくとして、シーザー様やザイン様、それに当のアーネスト様が受け入れるはずがない。

ただ、その話がほとんどまとまったので王様たちと今後の話をしている最中に、じいちゃんはアーネスト様の愚痴に嫌気がさして逃げ帰ってきたそうだ。もっとも話を聞く限りでは、愚痴というよりはじいちゃんの行動に対する文句のような気がするが……その後でアーネスト様にこっそりと条件を付け足されていたとしても、最後までその場にいなかったじいちゃんが悪いということにされるだろう。

「でも、いくら日数を短縮できたとしても、王家がすぐに南部子爵家に手紙を書いたとして、届くのは一週間後くらいかな？　そこから同じ時間で返信が来たとして、そこから南部子爵家へ援軍の要請があって、南部は軍の編成や武具や食料を整える時間がいるだろ？　軍の移動には時間がかかるから……早くても二か月くらいかかりそうだな」

「足の速い少数の部隊だけを先行させるという可能性もありますけど、全軍が揃う前に戦闘が始まってしまうと他の貴族の部隊に組み込まれて使い潰される可能性もありますから、数を分けて王都に来るとしても、最低でも単独でも南部子爵軍として動けるだけの人数になるでしょうね」

今のところゾンビの群れに動きがありそうだという話は聞こえてこないので、軍や施設の増強に力を注いでいる状況ではあるが、この状態が続くと今度はハウスト辺境伯領まで軍を進ませ、辺境伯らの救出と帝国領への侵攻を望む者たちが出てくる可能性もある。その場合、どれだけの貴族が軍を派遣するかわからないが、間違いなく南部子爵家は断るだろう。何せ、敵は帝国方面から来るゾンビだけとは限らないのだ。

「ゾンビの群れに関してはどこを本拠地にしているのかわからないから下手に動くことはできないし、そもそも王国には改革派の問題もあるから、大きな隙を見せるわけにもいかないしな……せめて、何が敵でどこにいるのかさえはっきりすれば、状況も変わってくるのにな」

「辺境伯領まで軍を進めるとなると、王都の守りのことも考えなければならんからな。わざわざこちらの数を減らした上、さらには施設の数も乏しく、おまけにいつ裏切るかわからん連中がいるのじゃ。攻め込むのは下策じゃろうな」

「かといって、王都近辺で待ち構えていても、不満はたまる一方ということですね……規模が大きいのもありますが、王国の歴史上で一番難しい戦争かもしれません」

「他に状況を変えることができそうな作戦があるとすれば……国境付近で囲まれている軍を何とか王都まで引き上げさせ、改めて軍を編成した上でゾンビの群れを辺境伯領に引き込んで叩くってやり方もありそうだけど」

「無理ですね」

「下の下の策じゃろうな」

サンガ公爵とサモンス侯爵は撤退する可能性もあるが、ハウスト辺境伯はほぼ確実に残るだろう。何故ならその選択をするということは、辺境伯領と領民を見捨てるということなのだ。

もし、全ての辺境伯領の領民を逃がすことができるとすれば辺境伯も賛成するかもしれないが、それは不可能に近い……というか不可能だろうし、勝つ為に辺境伯領の住人を見捨てるような真似《まね》をすれば、この戦争に王国が勝てても王家は終わりだろう。

「それに、国境線近くに辺境伯たちが留まって敵を引きつけているからこそ、ゾンビの群れはまっすぐ王都に向かってきていて、そのおかげで敵の数の割に被害が最小限に抑えられているのではないかというのが軍部の考えらしい」

ゾンビの群れがいくら王国軍より数が多いとしても、個々の平均的な強さでは王国軍の方に軍配が上がるというのが俺とじいちゃんの印象で、それはゾンビに関する数少ない情報として軍部に報告している。

そういったことからも、ゾンビの群れは最大の強みでもある数を活かす為に最短距離で王都を目指しているのではないかというものだ。

「移動速度でも王国側が勝っているはずですから、ゾンビとしても群れの数を減らしてしまうと各個撃破されてしまう恐れがあると考えているのかもしれません。それに、下手に群れを広げてしまうと、せっかく閉じ込めた公爵軍や辺境伯軍が抜け出しやすくなるでしょうから、ゾンビの群れの背後から襲うこともあり得ますしね」

実際のところ、ゾンビの群れを率いていると思われるリッチがそこまで考えているかは不明だが、サンガ公爵たちが留まっている今の状況でゾンビの群れは王都をまっすぐ目指してきていたので、王都近辺で迎え撃つ作戦が、人的にも経済的にも被害が一番少ないと軍部は考えているそうだ。

「王都近郊で迎え撃つとなると、王都の騎士たちと連携に不安のある南部子爵軍は遊撃隊みたいな扱いになるのかな？」

「まあ、それが無難じゃろうな。そもそも、南部の兵士たちと貴族の騎士たちとでは戦い方が違うじゃろうから、最初から別々にしておいた方が効率はいいし、諍《いさか》いも少なくて済むじゃろうな。南部の獣人たちは、連携よりも個人の武を好むからのう」

「そうなると、テンマさんやおじい様は、南部子爵軍と一緒に戦うことが多くなるかもしれませんね」

それは、俺やじいちゃんの戦い方が脳筋寄りだと言っているようなもののような気がするが……俺とじいちゃんが魔法をぶっ放して、南部の兵たちが撃ち漏らしを蹴散らしながら強引に戦線を上げていく……割といい戦術かもしれない。

「そうなるかもしれないから、一度ハナさんと打ち合わせする必要があるかもね」

「まあ南部子爵軍としても変な貴族と横並びになるよりは、わしらと暴れ回る方がいいじゃろうからな」

遊撃隊となると堀は難しいが、塀はゴーレムがいるので移動しながらでも作ることは可能だ。

「オオトリ家と南部子爵軍の『移動砦』による遊撃……いえ、強襲部隊ですか。リッチがいなければ、そのまま帝国領まで攻め込めそうですね」

補給に関しては俺がマジックバッグやディメンションバッグを多数所持しているので、相手側にリッチのような規格外や遠距離攻撃をもつ敵がいなければ、帝国領に攻め込むかは別としても、辺境伯領まではすんなり行けそうだ。

「まあ、行けるとは思うけど、そのリッチの存在が一番の問題だからな。そもそもリッチがいなければ、ここまで大きな問題になっていないだろうな」

リッチだけでなく四つ腕の化け物も脅威ではあるものの、弱点は見つかっているのである程度の対策は取れるだろうし、そうでなくてもリッチと違って騎士が数人がかりで何とかなる相手なのだ。

「一体のリッチのせいで、王国はここまで追い詰められているということじゃな」

「逆に言うと、テンマさんとおじい様《オオトリ家》の戦力がいかに高いかという風にも言えますけどね」

プリメラの言う通り、王国を追い詰める化け物の相手を俺とじいちゃんの二人でできるということは、オオトリ家の戦力は王国でも随一だと言えるようなものである。

「無事に勝って終えることができたら、今度はそっち方面に気を使わないといけなくなるのか……」

「わしやテンマがおる間はよいが、その後が心配じゃな」

俺が生きている間は俺自身が抑止力になるだろうから何とかなるだろうが、その後がどうなるのかわからない。もしかしたら、ティーダの次の世代ではオオトリ家は王国の邪魔者だと判断されるかもしれない。

「わしとテンマの貴族関連の付き合い方は全くと言っていいほどあてにならんじゃろうから、孫の教育は気をつけなければのう」

これに関してはプリメラ頼みになるかもしれないが、いざとなったら王様やマリア様、それにサンガ公爵たちに頭を下げてでも教えを乞うた方がいいだろう。

そう二人に伝えると、じいちゃんとプリメラも同意してくれたがそのすぐ後に、

「その場合、子供よりも先にテンマさんとおじい様も最低限でいいですから覚えてくださいね」

と笑顔で言われてしまった。俺とじいちゃんの王様への態度が、子供に悪影響を及ぼすと心配さ

れているのだろう。まあ、否定ができないし、何よりも笑顔のプリメラが怖かったので、俺とじいちゃんは一言も反論することなく素直に頷いた。

「え～っと……少々お時間をいただいてもよろしいでしょうか？」

俺とじいちゃんがプリメラの笑顔に気圧《けお》されていると、少し開いたドアの隙間からレニさんとアムールがこちらを覗き込んでいた。

「どうかしましたか、レニさん？」

「何かあったのかな？」

プリメラの圧から逃れるように、俺とじいちゃんはほぼ同時にレニさんに声をかけた。そんな俺たちの様子にプリメラは気が削《そ》がれたのか、先ほどまであった圧はすっかり消えている。

「少し話が聞こえてきたのですけど、もしオオトリ家と南部子爵家が一緒に戦う場合、その時は庭の隅でいいので子爵家に貸していただけないかと思いまして」

王都にも、南部子爵家の活動用の拠点があるにはあるのだが、それらは数が少ない上にそれぞれ一人か二人くらいが使える程度の広さしかないので、王都に腰を据えて活動するには不向きなのだそうだ。

「別にいいですよ。いざという時に南部との連絡手段がある方が、うちとしてもありがたいですし」

俺は一応じいちゃんとプリメラにも確認を取って、オオトリ家の庭に臨時の南部子爵家の活動拠点を設けることにした。貸し出す場所は前に造った貴族の従者用の控室で、あの頃と比べて色々と手を入れて、寝泊まりも問題なくできるようにしている。

ただ、貸し出しの許可を出したものの、この話はレニさんの独断でのことで、ラニさんに相談し

た上でハナさんに手紙を出し、その返事次第で正式に借りるかどうかが決まるのだそうだ。

「南部はあまり王都と関わりがなかったせいで、ちょうどいい場所を探すのに苦労していたんですよね……まあ、元々オオトリ家が第一候補でしたけど」

今思いついた感じで話してはいたけれど、元からオオトリ家の屋敷の一部を拠点として借りるつもりだったようだ。まあ、元々うちにはロボ名誉子爵以外の子爵家のトップクラスが何度も滞在したことがあるので、断られる可能性は低いと考えた上でのお願いだったのだろう。

「あっ！　正式に決まりましたらちゃんとお礼はしますし、滞在する諜報員《ちょうほう》も特に信頼を置ける者だけにしますのでご安心ください！」

他にもオオトリ家の邪魔にならないように気をつけるので、お風呂の残り湯を貸してほしいとのことだった。

「それとテンマさん、今偵察から帰ってきた者の報告によりますと、ゾンビの群れが動き出したそうです。しかし、以前のように全てが一直線に王都を目指すのではなく、一番大きな群れといくつかの小・中規模の群れに分かれ、横に広がる形で進んでいるとのことでした」

「その情報、王様やライル様には届けていますか？」

「いえ、まだです。現状では南部子爵家はまだ正式に参戦していません。なのでこういった場合、まずはオオトリ家に報告し、テンマさんの指示に従う形で動くようにとハナ様から命令を受けておりますので」

「では、急ぎ王城に報告をお願いします。その際、南部子爵家の旗と一緒にオオトリ家の旗を掲げ、門番に執事のクライフさんかメイドのアイナを呼ぶように伝えてください。その二人のうちどちらかに王城に来た理由を伝えれば、直接王様かライル様に報告が行くはずです」

レニさんたち南部の諜報員がオオトリ家の預かりになっているのはどうかと思うが、オオトリ家の一角を貸すことを認めた以上、責任を持つのは当然のことだ。それに南部子爵家としても、下手にうち以外にレニさんたちを預けていいように使われてしまうのも、南部の手柄を掠《かす》め取られてしまうのも避けたいはずだ。だからこそ、レニさんたちの得た情報を一番にオオトリ家に知らせる代わりに、南部子爵軍が揃うまで諜報員を守らせるつもりなのだろう。

そんな状況のレニさんたちがそのまま王城に知らせに行っても、門前払いを食らうか他の誰かに情報だけを持っていかれるかの可能性が高い。それを防ぐ為にオオトリ家の旗も持たせ、さらにレニさんとも面識があって王様たちに直接報告できるクライフさんかアイナに頼むのだ。

俺が持っていくかレニさんたちについていくという方法もあるが、それだと手柄が一時的とはいえ所属しているオオトリ家のものになってしまうことも考えられるので、南部子爵家の印象を強くする為にもレニさんたちだけで行ってもらう方がいい。

「ついでに、南部子爵家代表代理として、アムールの名前も忘れないようにお願いします」

「了解です！」

全くと言っていいほど南部子爵家の仕事をしていないアムールではあるが、王都にいる南部関係者の中で唯一の子爵家の血族なので、名前を載せておけばさらに南部子爵家の印象は強くなる。もっとも、本人は面倒臭いと嫌がるだろうがハナさんは絶対に賛成するはずなので、アムールに拒否権はないということにしておこう。

レニさんが部下と王城に向かった後で、俺はすぐにじいちゃんたちを集めて話し合いを始めた。

話し合いのメンバーには、マークおじさんも入っている。

「つまり、南部の諜報員の報告の通りにゾンビの群れが進んだ場合、王都は全方位を囲まれる可能性もあるというわけじゃな？」

「多分だけど……ただ、いくらゾンビの数が多くても、王都を完全に囲むことは不可能だと思うから、東側に群れの大半を集中させて、小規模から中規模の群れが他の方角から襲ってくるって感じになるんじゃないかな？」

小規模程度ならアルバートたちの警備隊でも楽に対処できるだろうし、中規模でも何とかなるだろう。しかし、たとえ攻めてくる全ての群れが小規模であったとしても、同時に何か所も襲いかかってきた場合は警備隊だけで対処するのは不可能なので、他の部隊からも人数を割かなければいけないことになる。そうすると東側から攻めてくるであろう一番大きな群れに備えている兵力が減るので、今回の報告は王国側にとってありがたくない情報になるだろう。

「こうなるんじゃったら、王国側から攻め込んだ方がよかったかもしれんのう」

「そうすると今度は改革派が喜ぶだろうから、判断が難しかったのは確かだよね」

「そうですね。ただ、辺境伯領まで押し上げることができれば、辺境伯軍や公爵軍などの戦力もあてにできますから互角以上に戦えたかもしれません」

「テンマ、今更その話をしても仕方がない」

などと、ゾンビの群れの動きと王国側が採った作戦についての話に脱線してしまったが、アムールの当たり前とも言えるツッコミですぐに本来の話に戻ることになった。

「それでオオトリ家の取る方針だけど……まず俺とじいちゃんは、リッチに備えて前線に近い所で待機ということになると思う。俺とじいちゃんがいない間、オオトリ家の指揮はプリメラが執り、その補佐にジャンヌとマークおじさん。特におじさんは、ククリ村の人たちに関係することもやってもらいたいと思っているから、マーサおばさんと協力してククリ村の人たちをまとめて」

「えっ⁉」

「おう！　任せろ！」

思いっきり心配そうな顔をしたジャンヌだが、すでに荷物や食料などは持ち出しやすいようにまとめているので、あとは実際に逃げ出す時にジュウベエたちのことを忘れなければいい。そのことをジャンヌに伝えると、少しは不安が減ったようだった。

おじさんに関してはククリ村がゾンビに襲われた時の経験があるし、現状でも王都で暮らすククリ村の人たちの代表みたいなものになっているので今の立場とそう変わらないし、おばさんの手伝いもあれば特に問題はないだろう。

「テンマ、私の役割は？」

「アムールは南部子爵家が王都に来れば所属が移ることも考えられるから、ジャンヌたちの手伝いをしていたとしても、いつでも南部子爵家に行けるようにしておいてくれ」

アムールは王都にいる南部関係者の中でトップクラスの戦力だし貴重な南部子爵家の血族でもあるので、もしかするとハナさんが何か役割を考えているかもしれない。なので、オオトリ家としては何かの責任者にすることはできないのだ。

「つまり条件はあるものの、アムールは遊撃隊の隊長ということじゃな」

「なるほど！」

所属が移るかもしれないと言った瞬間、とても嫌そうな顔をしたアムールだったが、すぐにじいちゃんがフォローを入れるとコロリと機嫌を良くしていた。まあ、遊撃隊と言えば聞こえはいいが、今のところ（じいちゃんのとっさの思い付きの為）はアムールしかいないので、いつ部下となる隊員が増えるのかは未定ではあるが……もしかすると南部子爵家から何人か助っ人に来るかもしれないので、その時はその人たちをまとめる立場になってもらおう。

「それで、最悪の場合王都から逃げ出すというのは変わらないけど、その時の逃走経路の第一候補を、南側から西側に変更しようかと思う。レニさんの報告では、ゾンビの群れが横に広がりながら向かってきているとのことだから、王都から脱出した後でゾンビの群れに進路を囲まれる可能性が高くなったし、もしかすると南側の出入口付近は、兵たちが守りを固めて通れなくなっているかもしれないしね」

「テンマさん、その場合だと西側でも同じように出入口を固めているのではないですか？」

プリメラの意見に、じいちゃんたちももっともだと頷いているが、

「王国の西部は改革派の領地が多いだろ？　ということは、西側に集まっている兵は改革派の可能性が非常に高い。改革派の貴族たちはもし王都に何かあっても、西部に逃げれば自分たちだけは立て直すことが十分に可能だからな」

「なるほどのう……西側から逃げ出す者がおるとすれば、それは改革派の貴族や兵たちであり、貴族が王都……いや、王族を見捨てて逃げ出したのなら、それはすなわち王国の貴族という立場を捨てたようなものでつまりは逆賊……もっと言えば、敵対勢力であると判断してもいいということじゃな。そういった輩《やから》ならば、蹴散らしても問題はないと」

「問題にはなるかもしれないけど、それを大事《おおごと》にする余裕は王国にはないだろうし、どの道王都から逃げ出さなければならないような事態になったら、改革派とは敵対するだろうからね。『敵になる可能性が非常に高い相手』が『完全に敵になる』だけなんだから、自分たちの生存確率を上げた方がいいだろ？」

「まあ、そうじゃな」

俺もじいちゃんも……というか、オオトリ家の関係者は基本的に改革派を嫌っているので、いざという時には改革派を蹴散らすことに異論はないという感じだった。

「それで、相手が改革派だった場合はそれでいいとして……最悪なのは、立ち塞がったのが『王族派』や『中立派』だった場合だな。知り合いの貴族だったら話し合いで何とかなるだろうけど、改革派が重要視しそうなところに知り合いの貴族がたまたまいるという可能性は低いだろうしな」

「それに、オオトリ家と付き合いのある貴族のほとんどは王族派と中立派の有力者で、王家からすれば信用できる者たちでしょうから、もっと重要な所に配置されると思います。低いではなく、ないと考えた方がいいと思います」

「そうなると、話し合いには応じても、素直に通してはもらえんかもしれぬのう……」

オオトリ家の関係者たちが王都から脱出するということは、前線で戦っているだろう俺とじいちゃんも撤退する可能性が高いということなので、それならばプリメラたちを王都から出さなければ、その間だけでも俺やじいちゃんは戦うだろうと考えるかもしれないし、逃がしていいものなのか自分たちでは判断ができないからといって、指示が出るまで留めておくとも考えるかもしれない。

「そうなったら、強行突破するしかない！　そもそもオオトリ家は貴族じゃないから、逃げるのに王家や貴族の許可はいらない！　……はず」

「まあ、アムールの言う通りではあるのう。王家からの依頼という形で参戦することになるじゃろうが、実際のところは善意からの協力という感じじゃし、契約を結ぶにしてもわしとテンマだけが前線に出るということになるじゃろう。それなのにわしらの家族や関係者を人質にするような素振りを見せれば、その場で契約破棄して敵に回られても文句は言えんじゃろうからな」

「私もそれでいいと思いますが、正式に王家と契約する際には、戦うのはテンマさんとおじい様で、オオトリ家とその関係者は二人のサポートに回ると明記した方がいいと思います。そうすれば私たちの王都からの撤退は、前線にいる二人が心置きなく戦う為の作戦であると主張することができますので、強行突破するような状況は回避できるかもしれません」

出入口を固めているかもしれない貴族への対応は大体そんな感じに決まり、あとは脱出の際の経路と俺やじいちゃんとの合流場所を話し合うことになった……が、こちらの方は大雑把にしか決めることはできなかった。

まず脱出の際の経路だが、これは王都の通路の数が多い上にその時の戦況によって変わるし、建国以来、王都がそこまでの危機に陥ったことがないので参考にする情報が少ないという事情から、脱出方向の優先順位だけを決めることしかできなかった。

同じように脱出後の合流地点に関しても、方角的に安全と思われる西側は改革派の領地が多いので同じような場所に長く留まることはできず、おまけに俺とじいちゃんがどのタイミングで王都を離れるかも不明なので、最終的にはプリメラたちが進む通路を大まかに決めて、それを後から俺とじいちゃんが飛んで追いかけるということになった。

ただし、それだと目的地である南部のナナオまで合流することができない可能性もあるが、下手に速度を落としたり止めたりするよりは、プリメラたちだけでもナナオまで進んだ方が危険は少ないだろうというのが、俺を除いた皆の意見だった。

「テンマは心配性じゃのう。じゃが、プリメラの世話にはマーサたちがおるし、戦闘面ではスラリンたちがおる。それに何より、一〇〇〇を超えるゴーレムに加え、規格外のゴーレムが数体おるのじゃ。そんじょそこらの貴族が束になろうとも、ものの数ではないわい」

たとえ数千の敵と遭遇しても、通常のゴーレムたちが壁になってプリメラたちを守り、その間にスラリンたち眷属《けんぞく》組とパーシヴァルたち規格外ゴーレム（サソリ型ゴーレム含む）が戦えば、一〇〇〇や二〇〇〇の数は敵ではないだろうし、もしかすると万の数が相手でも後れは取らないかもしれない。

「何より、ゴーレムたちは移動しながら壁になることができるからのう。足を止められて削られるだけということにはならんわ。それに、襲いかかってくる者どもも、時間がかかるとわかれば撤退するはずじゃ。何せ、時間がかかればかかるほど、わしとテンマ、もしくは南部子爵軍が介入してくる可能性が上がるのじゃからな」

「うむ、レニタンを通してお母さんとも進路の情報を共有しておけば、南部は無理してでも必ず助けに来る。何故なら……テンマに恩が売れるから！」

他に言い方はなかったのかと思えるアムールの発言だったが、これ以上ないくらい説得力のある言葉だったので、俺は皆の意見に同意した。

「それなら、今日はここまでにしておこうか？　次はレニさんも交えてもう一度話し合おう」

　ハナさんにも逃走経路を知らせておくのなら、レニさんの協力は必須だ。それに、レニさんなら南部の諜報員が使う安全な道（王都内を含む）を知っているかもしれないし、逃走や脱出に関しては俺の知り合いの中でも上位の知識と実力を持っているだろう。正直言えば、レニさんより上手《うわて》そうな人に心当たりがあるのだが……近くにいなかったり相談しにくかったりする人なので、色々な意味でレニさんが一番適任だ。そう言うと皆も賛成し、今日の話し合いは解散ということになった。

　マークおじさんは今日話し合ったことを他の人たちに伝える為に急いで帰っていったが、俺たちは特に急ぎの用事がなかったので、そのまま皆で脱出のシミュレーションを行うことになった。この時に役に立ったのが、プリメラが現役だった時の経験だ。

　プリメラ……というか、グンジョー市が戦火に巻き込まれたという歴史はないが、万が一に備えて騎士たちは攻城戦と籠城戦の訓練をすることがある。その知識は他の騎士団のものと比べても内容が大きく変わることはないだろうということで、プリメラの知識を基に作戦を練ることにしたのだが……

「結局のところ、危なくなったらサソリ型ゴーレムを前に出せば大抵のことは解決できそうですね」

　という結論になった。

　ほとんど使う機会のないサソリ型ゴーレムだが、実戦こそ数えるほどしかないが定期的に動きのテストや改良を加えていたし、今回のリッチ対策として操られることのないようにできる限りの手を加えた結果、速度や小回りに関してはミノタウロス型ゴーレムを上回るが騎士型ゴーレムより劣り、一撃の強さはミノタウロス型以下ではあるものの騎士型よりは上ということになった。つまり、騎士型とミノタウロス型の中間という感じなのだ。しかも、特筆すべき点はもっと他にある。それは、

「改良したといっても、騎士型やミノタウロス型よりもコストがかからないのが一番の強みだな」

騎士型のように細かい動きをさせるつもりで作っていないので、関節などは割と大雑把に作っているし、ミノタウロス型のような巨体にもかかわらず二足歩行させるわけではないので、体を支えきれなかったり重さで潰れそうだったりするならば、その分だけ足の数を増やすなどして対応することが可能なのだ。そして何よりも、その背中に人を乗せることができるというのも、他のゴーレムにはない特徴である。

人を乗せたままで戦うのは搭乗者が危険なのでお勧めできないが、一人くらいなら乗せながらでも動きに変化はないし、仮に魔法が得意な者が乗って戦えば、ゴーレムの弱点である遠距離の攻撃を補うことができそうだ。ちなみに、戦う目的でなければ一〇人乗っても（乗れる場所の関係で一〇人ほどが限界）動きが鈍ることはなかった。

「もしも騎士型とサソリ型が戦えば、回避性能や攻撃方法の少なさで騎士型に負けるかもしれないけど、ミノタウロス型には勝てそうだな」

基本的な攻撃方法がハサミと尻尾を振り回すというものなので、騎士型ゴーレムには見切られる可能性が高いが、動きの遅いミノタウロス型の攻撃よりも先にバランスを崩させて押し倒すことくらいはできそうなので、総合的な強さとしては騎士型の次に来るだろう。

「それに、人間や人型の魔物の群れを相手に戦うのなら、騎士型よりも活躍するだろうな」

騎士型の攻撃力も高いが、それは武器を扱うということを含めた上での話なので、単に突っ込むだけでも一撃必殺となりうるサソリ型は、対人兵器としては優秀すぎるゴーレムだろう。

「ええ、その通りだと思います。ですから、もしも脱出の際に妨害されたとしても、サソリ型を一体先頭に置いて進めば、相手は素直に道を空けると思います。もしそれでも引かないのなら、そのまま突っ込ませればいいだけのことですから」

確かにプリメラの言う通り、通路のような狭く限られた所にいたり陣形を組んで固まっていたりする相手は、サソリ型ゴーレムの格好の餌食となるだろう。まあ、その衝撃で壁が出入口ごと壊れる可能性もあるが、その時はミノタウロス型も出して無理やり通り道を作ればいいだけの話だ。

「同じように、移動中に改革派の貴族の軍に囲まれたとしても、普通のゴーレムたちを壁にしつつサソリ型を突っ込ませれば、相手の方が先に音を上げて逃走するはずです。それに、その状態で壁にしているゴーレムたちを進めながらサソリ型や騎士型に暴れさせれば、敵は間を空けての睨み合いすら選択できなくなりますので、より早く逃走、もしくは降伏すると思います。まあ、もしも逃走ではなく降伏を選ぶのならば、それを認めずに攻め立てた方が余計な時間がかからずに済むと思いますけど」

戦う意思をなくした相手を一方的に攻め立てるのは非人道的な行いと言われるかもしれないが、それを盾にプリメラたちの足を止める作戦かもしれないし、そもそもルールのある戦いではなく、こちらは逃走中であり負ければ全員の命が奪われる可能性があるのだ。被害を出したくなければ、元からそんな状況のオオトリ家の相手をしなければいいというのがプリメラの主張だった。そしてその主張は、ここにいる全員が納得するものだった。

「それじゃあ、戦いになった時はプリメラの案を採用しよう。ただ、一応降伏は認めないので、速やかに道を空けるか逃走するように勧告してくれ。従わなければ、そのまま潰しても構わない。ジャンヌ、アウラ、サソリ型の所有権は変わらずに二人のままだが、使うタイミングや目的はプリメラの指示に従ってくれ」

「はい！」

「了解です！」

サソリ型は俺が二人に与えたものなので、プリメラも所有権を移すようには言わなかったが、その代わりにプリメラの指示には絶対に従うように言い含めた。もっとも、二人はオオトリ家のメイド（奴隷）なので、元からプリメラの命令に背いたり拒否したりという権利も選択肢もないのだが、同時に俺が二人に与えたものをプリメラが取り上げるというのも許されることではないので、使用に関して指揮官であるプリメラの命令に従わせることにしたのだ。

「オオトリ家の中で、集団戦における指揮能力ではプリメラがずば抜けておる……というか、プリメラ以外にできる者がおらぬからのう。わしやテンマが合流したとしても、ゴーレムやマークたちへの指示はプリメラに任せた方がいいかもしれぬな」

俺やじいちゃんは少人数の指揮なら十分にできると思うが、ゴーレムを含む百単位での指揮などやったことがないので、合流しても指揮官はプリメラのままの方がいいだろうということになった。ただ、お腹の赤ちゃんのこともあるので、最悪の場合はスラリンがゴーレムたちを担当し、ククリ村の人たちはマークおじさんに頼むことになる。

「こんなことになるなら、サソリ型のような多足のゴーレムを作ればよかったな……地龍の魔核を使った奴とか」

地龍の魔核なら、サソリ型よりも強いゴーレムができるだろう。まあ、もしかすると地龍の意思が宿ってしまう可能性もあるが、騎士型のように大丈夫……いや、あれも悪鬼羅刹の類を宿している可能性はあるが、万が一の時は全力で破壊すればいいだけの話だ。もしかすると、地龍の意思を宿したとしてもライデンのように言うことを聞く可能性もあるし……でも、ライデンの基になったバイコーンと比べて、地龍は何ていうか……馬鹿そうだったんだよなぁ……まあ、馬鹿とハサミは使いようと言うし、そもそも仮の話で作るかどうかも、意思が宿るかどうかもわからないから、今心配するようなことじゃないか。

そんな、いつもなら反対されるような俺の発言であったものの、

「確かに、うまくいけばかなりの戦力増強になるのう。惜しいことじゃ」

「ええ、色々と問題はあるでしょうが、龍の形を模したものが動くというだけでかなりの圧力を与えることができるでしょうから、残念ではありますね」

「テンマが珍しく思いとどまったのに、それが裏目に出るなんて……」

などと、逆に残念がる言葉がじいちゃんとプリメラ、そしてアムールから出た。

第四幕

◆ライルSIDE

「閣下、敵は予想通りの速度で第一陣地に接近しているそうです」

「わかった。我々は予定通り後方に下がるぞ。第一陣地の者たちには、くれぐれも粘りすぎるなと念を押しておけ！」

第一陣地に限らず、王都から離れている陣地ほどその造りは簡素になっているので、それらはそこに籠もって戦う場所というよりは、むしろ必要物資の置き場所のような扱いをし、こちらに被害が出る前に破棄する予定としていたが、第一陣地の前方は一番広く使えるスペースがあるし、わざわざ敵が近づくのを静かに待っている必要はないということで、ある罠《わな》を仕掛けることになった。

ただ、その罠の効果を最大限発揮する為に、第一陣地に籠もっている騎士たちの危険度は、当初の予定よりもかなり上がってしまったのだ。

「それと同時に、第二と第三陣地には第一陣地の者たちの受け入れと、自分たちの撤退の準備の確認を怠るなと伝えろ！」

「了解しました！」

罠が成功するのか、成功したとしてもどの程度の打撃を与えることができるのかは不明ではあるが、幸いなことに二度の戦いで複数回成功させた例が存在するのだ。その成功者に話を聞いた上で実行するわけだが、罠の性質上ぶっつけ本番というのはやはり心配ではある。

「テンマは、失敗したら所詮は副次的な効果を得られなかったと割り切るしかないと言ってはいたが……削れる時に削りたいところだな。まあ、それでこちらに被害が出てしまえば意味はないか」

本音を言えば無理してでも成功させたいところだが、それで失敗してしまえば上層部への不信感から来る士気の低下は免れないだろう。

「テンマに動いてもらえれば一番確実だったが、テンマはテンマでリッチに備えて体力を温存しなければならないからな」

そう呟いていると、

「閣下！　第一陣地の方角に、大きな火柱が確認できました！」

「そうか！　でかした！　それで、こちらに被害は出ているか？」

「申し訳ありません。今のところ火柱が確認できただけで、第一陣地からの報告はまだありません」

「そ、そうか、そうだな。とりあえず、『火災旋風』を発生させることには成功したのだ。報告を待ちたいところだが、我々は予定通りここを離れるぞ」

第一陣地から一キロメートルほどしか離れていないこの場所は、元々あの罠の成否を確認する為に急遽用意されたものだ。もし失敗した時には軍の参謀たちがギリギリまでここに留まり、別の命令を出す為の仮の司令部になる予定の場所で、最初俺もここで罠の結果を確かめると告げた時、その場にいた軍の幹部たちのほとんどに反対されたのだった。まあ、それらを（強引に）言い含めることには成功したのだが、その条件として作戦の成否に関わらず、実行されたらすぐに王都のすぐそばに造られた司令部へ戻ることになっているのだ。

「この場にまだ残る者たちも、危なくなったら物よりも命を大事にするんだぞ！　書類に関しても、いざとなったら置いて逃げろ。何せ相手はゾンビたちだ。情報を残したとて、理解できる頭はないんだからな！」

そう命令して、いつでも移動できるように用意させていた馬車に乗り込み、すぐに仮の司令部を離れた。

「この罠でどれくらいの打撃を与えることができるのかは不明だが……たとえ倒せたのがわずかであったとしても、王国軍の指揮は上がるな」

俺の言葉に、同乗していた幹部も頷いていた。派手な作戦を成功させたのだ。この勢いに乗って、終始有利にこの戦いを進めたいところだ。たとえ罠が成功したように見えただけだとしても、倒した数などどうとでもごまかすことができるのだからな。

などと思いながら、王城の司令部に戻ると……そこに待ち構えていたザイン兄上に捕まり、母上の前に正座させられてしまった。前線へと向かったのが（父上とシーザー兄上に許可を取らなかったことも含め）まずかったようだが……これは軍務卿としての役目なのだから、正直この状況は解せなかった。まあ、口には出せなかったが。

◆アムールSIDE

「む！　またゴブリンの群れを発見！」

私は今、王都を離れて南部の方へと向かっている。別に逃げ出したわけではない。単に、私が一番適任だという役目を、テンマから与えられたからだ。

「この調子だと、二〇日もあれば余裕でナナオに着くかも？　……おわっ！　ライデン、興奮しすぎない！」

ライデンは自分からゴブリンの群れに突っ込み、まるでアリを踏み潰すかのようにゴブリンを蹴散らしていった。私も愛用のバルディッシュをゴブリンに向かって振るうけど、ライデンの方が圧倒的にゴブリンを屠《ほふ》っていた。どうやらライデンは、ちょっとばかし機嫌が悪いようだ。

「まあ、ライデンはテンマ以外に乗られるのはあまり好きじゃないみたいだから、仕方がないかな」

これが馬車に繋がれた状態で指示を出されるのなら、私の命令でも大人しく聞くのだけど、乗られるのは別の話のようだ。ただ、テンマと一緒なら嫌がらないので、多分だけど自分を負かした相手以外を単独で背に乗せるというのが気に障るみたいだ。

「走りが少し荒いけどその分速度が出ているし、私に直接何かするわけじゃないから問題はない」

と、王都を離れてからすぐにそう思うことにした。

もしもの時の脱出の要でもあるライデンを、何故テンマが私に貸し与えてまで南部に走らせたのかというと、実は王国の西部が怪しい動きをし始めたからだ。

それはレニタン（の部下）が秘密裏に仕入れてきた情報だが、どうやら王国西部のダラーム公爵家が、武器や食料を一か所に集めつつあるということだ。

それだけならゾンビの群れに備えているだけだと言えるかもしれないが、重要なのはそんな重要な軍事行動ともとれるものを、王族にさえも秘密裏に始めたということだ。念の為テンマがレニタンの持ってきた情報を急ぎ陛下の所に持っていったけど、陛下どころか軍務卿であるライル様も全

く寝耳に水な話だったらしい。

その話を聞いた陛下は、すぐにダラーム公爵を王城に召喚しようとしたらしいけど、ライル様は今の状況で獅子《しし》身中の虫を王城に招き入れるのは逆に危険だと説得し、アルバートたちの警備隊を西側に配置することにしたそうだ。もっとも、それだけでは到底ダラーム公爵軍を押さえるどころか牽制することもできないので、まだ余裕のある王族派の貴族と信頼できる中立派の貴族から兵をかき集めるようにしたらしい。しかし、それでも数万を動員できるダラーム公爵軍を相手にするのは無理があるので、他にもサンガ公爵家を除く残りの公爵家にも協力を要請するそうだ。

しかし、数はそれでどうにかなったとしても、時間が圧倒的に足りないらしい。そこで私の出番となったのだ。今なら南部からの援軍が王都に向かってきているはずなので、その予定されている進路を西に変え、ダラーム公爵軍を牽制する形で西側から王都に入ってきてほしいとのことだ。その為、王都で地上最速であろうライデンが、私の相棒となったのだ。本人《ライデン》は勝手に決められて不服だろうけど。

「南部軍もナナオを出発しているはずだから、予定していた進路を大きく変えていなければ、数日で合流できるはず」

ライデンの速度や南部軍の進攻速度のこともあるから正確なことはわからないけど、レニタンの予想では南部は王都への行程の半分近くまでは来ているはずだから、遅くても一〇日くらいで合流できると言っていた。そこから進路を変えても、ダラーム公爵軍よりは先に王都に到着するのは十分に可能らしい。細かいことはわからないけど、レニタンがそう言うのならそうなのだろう。

「ん！　ライデン、いきなり次の群れに向かって走らない！」

少し考え事をしている間に、ライデンは次の獲物(今度は数匹のオークの群れ)を見つけて走り出した。どうやらゾンビの群れのせいで、東側にいた魔物の群れが西側に移動しているらしい。ゴブリンやオークの群れならば、全てライデンに任せていても問題はないけど、いきなり走り出されると落ちる危険があるので、休憩まで気が抜けないかもしれない……などと思っていると、オークの群れはいつの間にかひき肉に変わっていた。泥まみれで、到底食べることのできそうにないミンチだけど。


「じいちゃん、ライル様の馬車が王都に入っていったよ」

「戦争が始まったということじゃな。わしらはどう動く?」

「まだ待機でいいと思う。今ここで前線近くまで移動してしまうと、リッチが別方向から王都に襲いかかってきた時に会わない可能性が高いから」

俺とじいちゃんはリッチに備えなければならないので、もし仮に前線が崩れて味方が敗走したとしても、助けに向かうことはできない。

「ここからでは王国軍とゾンビの群れの戦いがどうなっておるかはわからぬが、よほどのことがない限りは王国軍が負けることはあるまい」

よほどのこととは、四つ腕の化け物が群れを成して襲いかかってくるとか、リッチかリッチクラスの魔物が出てくるとかだろう。

「他に心配なことといえば……『ドラゴンゾンビ』のような、規格外の化け物ゾンビじゃろうな。

さすがに古代龍クラスのドラゴンゾンビはククリ村の時で打ち止めじゃろうが、それ以下の地龍や走龍がゾンビになっておる可能性は十分考えられるからのう。まあ、ゾンビになれば龍種の強みである頑強さは失われるはずじゃから、倒すことは十分可能じゃろうがな」

王国の騎士団なら、たとえ地龍クラスの魔物がゾンビになったとしても対応できるだろうが、問題はその間他のゾンビに対する警戒が薄れてしまう可能性があることだ。

「あまりにもひどい事態になるようなら、わしかテンマが出なければならぬかもしれぬが、騎士団とて魔法使いの数は揃えておるじゃろう」

「俺たちは王城の近くまでゾンビが攻めてこない限り、動かない方がいいかもね」

「そうじゃな。下手に動くと邪魔になるかもしれぬしのう」

ライル様には、俺とじいちゃんはリッチに専念すると言っており了承も得ているので、俺たちの判断で動くと逆に邪魔になる可能性が高く、動くにしても軍部からの正式な要請があってからの方がいいだろう。

「ゾンビの群れとの衝突に合わせるように、改革派の動きもきな臭くなってきておるし、どうなるかが全く読めんというのも怖いのう……テンマ、王都内で暴動が起こった時、本当に抑えることができると思うか？」

「確実ではないだろうけど、起こる時は改革派が暗躍するはずだから、それさえ事前に察知できれば大規模なものにはならないとは思うけど……王都は広いからね。最悪、暴動に参加した一般人への武力による制圧は行われ、それなりの人死には出るだろうね」

大を生かす為に小を犠牲にする……嫌な考えではあるが、大に属している俺としては家族を害されないようにする為にも、小を犠牲にするという考えに口は出せない。せいぜい、自分の知り合いが小にならないように注意し、なりそうならば説得するくらいしか手立てはないだろう。

「まあ、それも含めて『戦争』じゃからな……この国難の時に、同じ国民であるはずの一部の馬鹿どもが騒動を起こそうとしているのには虫唾が走るがな」

じいちゃんも一般人に犠牲が出るのは仕方がないと思っているようだ。仮に自業自得とも言える行動のせいで犠牲になるのは仕方がないかもしれないが、それでもその犠牲が改革派のせいかもしれないというのは納得ができないらしい。

「ライトのハードリンクスたちのように、鼻の利く魔物を眷属にしているテイマーたちが中心になって王都中を見回っているから、ある程度の抑止にはなると思うけどね。勝った後のことを考えたら、一般人の犠牲は少ないに越したことはないからね」

警備隊の主な仕事の一つとなっている街中の見回りは、警備隊に組み込まれたテイマーが中心になって行っている。

これは前世の警察犬からヒントを得てアーネスト様に提案したものだったが、今のところ牽制に成功しているのかはわからないが、改革派が行動を起こしたという話は聞こえてこない。

しかし、散歩の効果があるのかテイマーたちの眷属のストレス解消には役立っているし、人では見落としてしまうような所まで調べられるので、見回りの仕事はテイマーと眷属に適任だと言えるだろう。

「それと、ライトが調べた逃走に適したルートを、秘密裏に流してくれたよ。今のところの話らしいけど、レニさんの知っている情報と合わせたら、いざという時に役に立つと思う」

テイマーたちの中には王都が危機的状況に陥った時の為に、見回りと並行して逃走経路を調べている者もいるそうだ。王都内の情報を漏らすのは褒められたことではないだろうが、いざという時に逃走するオオトリ家の中には、王族関係者がいる可能性が高いという建前も用意した上で、ライトは自分の得た情報を流したとのことだ。まあ、それを盾にすれば罰せられる可能性は低くなるということと、オオトリ家に恩を売っておけば、逃走の際には同行しやすくなるという理由もあるらしい。

「ライトがそう動くとなると、いざという時テイマーズギルドはオオトリ家を頼ってくると思っておいた方がよいな。わしとしても、信用できる戦力は大歓迎じゃ」

じいちゃんは俺よりもアグリと仲がいいので、そういった理由からもテイマーズギルドがオオトリ家の味方になるのは喜ばしいことらしい。俺としても、ククリ村の皆を連れて逃げる際にテイマーズギルドは色々と頼りになるし信用できるので、味方に付いてくれるのはありがたい。

「じいちゃん、今のうちに食事と持ち物の確認をしておこう。できれば、少しでも寝て体力の温存もしておきたい」

「そうじゃな。持ち物の確認とはいっても、愛用の武器はすでに何度もやっておるし、ゴーレムと薬の類は確認するには時間が足らぬから、種類と数の確認くらいしかできぬな……まあ、そのくらいなら食べながらでも十分じゃろう」

まだ余裕のある後方の陣地とはいえ、さすがに堂々と食事をしたり仮眠をとったりするのは他の視線が痛いので、一度オオトリ家に用意されたテントに戻り、持ち物の確認をしながら食事をとることになった。

いつ出番が来るのかわからないので、消化に良いように柔らかめに仕上げたおじやを少量だけにしたので物足りないが、食べすぎて動けなくなるよりはいい。

「じいちゃん、おかわりは我慢してね」

「うむ……まあ、仕方がないのう。なら、少し横になるかな」

空になったお椀《わん》を俺に差し出していたじいちゃんは、渋々ながらお椀を引っ込めて床に横になった。俺もじいちゃんに倣って横になっているといつの間にか眠っていたようで、誰かがテントに入ってきた気配に気がついて目を開けると、テントの入口には様子を見に来たらしいクリスさんが呆《あき》れた様子で横になっている俺とじいちゃんを見下ろしていた。

◆プリメラSIDE

「プリメラ様、ケリーさんと工房の従業員の方たちが訪ねてきました」

「敷地に入れて構いません。その後は従業員の方たちには庭で待ってもらい、ケリーさんをここに連れてきてください」

いつもとは違い、さんではなく様で呼ぶジャンヌに、ケリーさんをここに連れてきてもらうことにした。

ケリーさんたちの避難は予定通りのことではあるけど、形だけでも訪問理由を訊くと同時に、今後の打ち合わせをする必要があるからだ。

「プリメラ様、このたびは私と私の部下たちを受け入れてもらい、感謝の念に堪えません」

「かねてよりの約束なので構いません。その代わり、有事の際にはオオトリ家の指示に従ってもらいますが、よろしいですか？」

「それはもとより承知の上です。私を含め実戦経験に乏しい者ばかりではありますが、荒事には慣れておりますし、何よりも武器の扱いに関しては自信のある者揃いです。遠慮なく、お使いください……でいいのかな？」

「はい、オオトリ家としてはケリーさんたちの協力はありがたいですすし、オオトリ家と行動を共にしてくれるということが確認できればいいだけですので、あとはいつも通りに接してくれて構いません。まあ、ある程度時と場合を考えてくれればありがたいですが」

要は、いざという時にケリーさんたちはオオトリ家の傘下に入って動くということの確認なので、いざという時が来るまではいつも通りでもいいということだ。

「とりあえず、そのいざという時が来るまでは、テンマが集めてほったらかしにしているという武器の手入れでもさせてもらうとするかね。さすがに炉は持ち運べなかったから打ち直しは無理だけど、それ以外の道具は粗方持ってきたし、ある程度の手入れなら十分できるはずだよ。それと、庭の片隅にテントを張らしてもらうけど、構わないよね？」

「ええ、屋敷の中はもしかするとやんごとないお方がお使いになるかもしれませんので、申し訳ありませんがなるべく空けておくようにしております。その代わり、お風呂やトイレは自由に使って構いません。庭は地面に簡単な区切りをしているので、その区切りの中なら好きな所を選んでください。ただ、ジュウベエたちの小屋の近くは少々においますので、お勧めはできません」

最終的には屋敷の中に避難してもらうことになるかもしれないけれど、王族の方々が避難してきた時に使うこともあるし、他にもシルフィルド伯爵家のようなオオトリ家と友好関係にある貴族の方々が来る可能性もある。それに、作戦会議などを行う部屋や病室なども必要になるので、できる限り屋敷の部屋は空けておくようにと、テンマさんたちと話し合って決めたのだ。

「プリメラ様、マークさんがククリ村の方々とお見えになりました」

「おっと！　もたもたしていると、いい場所がなくなっちまいそうだね。それじゃあ私はうちの連中とテントの場所を決めて、その後で作業に入らせてもらうよ。お風呂の準備の方、よろしく頼むね」

「あっ！　テントの場所が決まったら、一度確認させてください」

「了解」

ケリーさんはそう言うと、足早に部屋から出ていった。そしてそのすぐ後に、マークさんがアウラと一緒にやってきた。

「プリメラさん、今日はククリ村関係者の半分ほどを連れてきたよ。残りは俺を含めて商売をしている連中だから、すぐに集まるのは無理だった」

料理屋や商店をしている人たちは、材料や商品がなくなり次第店を休業して合流するつもりらしいが、マークさんのように宿屋を経営している人は宿泊客の関係上、ギリギリまで店に残るそうだ。一応、宿泊客には状況次第で宿の営業を休止するかもしれないと伝えているそうだが、最悪の場合は宿泊客をそのままにして宿を放棄するかもしれないとのことらしい。

「料理の材料や商品などについて、今後の入荷はどうなっているか聞いていますか？」

「軽く聞いた感じだと、今後の入荷は厳しいみたいだね。外からは以前のような量が入ってこないし、入ってきても軍部が真っ先に手を付けるから、今は個人的な付き合いのある商人から仕入れているらしい。ただ、こんな状況だからいつもの倍以上の値段になっているせいで、仕入れもままならないそうだ。今まともに商売できているのは、大手かその傘下にあるところだけらしいよ」

「そうですか……では、お店に残っている材料や商品を、オオトリ家で買い取るというのはどうでしょうか？　今後王国の状況がどうなるのかわからない以上、できる限り私たちは一か所に集まっていた方がいいと思います」

　食料は今日からでも食事に使えるし、逃走中に必ず必要になるものでもある。商品ならば、逃走後の生活資金に替えることができるかもしれない。それに何よりも、王国の硬貨が金属的な価値以外になくなる可能性がある以上、できる限りそれ以外の資産を手に入れる必要があるのだ。もっともオオトリ家の場合は、テンマさんとおじい様がいればどこに行っても生活に困ることはないとは思うけれど……マジックバッグにはまだかなりの余裕があるので、集めても全くの無駄になることはないだろう。

「それなら、後でまだ来ていない奴らに話をしてみよう。買い取ってもらう場合は、直接ここに持ってくるということでいいかな？」

「構いません。持ってきてすぐに買い取れるようにしておきます。買い取り額は各々のお店で出している値段で構いませんので、事前にまとめておいてくれるとありがたいです。それと、出る前に今来ている皆さんがテントを張る場所を確認して、誰がどこにいて何人で利用しているのかを教えてください」

「ああ、わかった。俺はいないと思うから、他の奴に報告するように伝えておく」

「プリメラさん、お茶でも入れましょうか？」

「ええ、お願い。お菓子も出して、ジャンヌも一緒に休憩しましょう。もうすぐアウラも戻ってくると思うから、三人分ね」

マークさんがいなくなると、ジャンヌはいつもの口調に戻ってお茶を入れてくれた。ここ最近……というか、妊娠が判明してからのお茶といえば主にハーブティーなので、ジャンヌは当然のように三人分のハーブティーを用意し始めた。

「テンマさんにおじい様、それにアムールもいないから寂しくなると思っていたのに、すぐにいつも以上の賑わいになったわね」

「そうですね。それでも、当たり前のようにいる人たちがいないというのは、やっぱり寂しいです」

オオトリ家が完全にいつも通りの賑わいを取り戻すのがいつになるのかわからないけれど、一日でも早く戻るといいなとジャンヌに言うと、

「そうですけど、その時にはもう一人分の賑やかさが増えているかもしれませんね」

と返ってきたのだった。


「いや、まあ……体力を温存する為に寝ていたというのはわかっているし、それを責めるつもりは全くないのよ。ただ、二人揃って床で眠るのはやめてほしいのよね。寝るのなら、せめてちゃんとした寝床を作って横になるとかしてくれないと……さすがに床のど真ん中で寝ていたら、正直言って引くわ」

食べてすぐに寝たせいで座っていた場所（テントの中央付近）がそのまま寝床となってしまった為、入ってきたクリスさんは一瞬俺とじいちゃんに何かあったのかと思ったそうだ（その疑いは、俺の寝息とじいちゃんのいびきで即晴れたらしい）。

一応、マントを下に敷いて眠っていたのだが、その冒険者スタイルはクリスさんに言わせると『ちゃんとした寝床』とは言わないのだそうだ。

「それで、何でクリスさんがここにいるの？　近衛隊を首になって、降格処分でも受けた？」

「じゃからあれほど、いい加減年相応の落ち着きを持てと方々から言われておったというのに……危なくなったら、さり気なく逃げるのじゃぞ。あからさまでは罰せられるから、絶対にさり気なくじゃぞ！　何とかしてライルの追手を振り切って、オオトリ家の屋敷まで逃げ込むのじゃ。うちならたとえアレックスといえども、そう簡単に手は出せんはずじゃ」

「違います！　テンマ君とマーリン様がリッチと戦う場合、その場所はかなりの激戦区となります！　しかしながらお二人はリッチに集中しなければならないので、リッチが率いていると思われるゾンビの群れの大半はそのまま進軍すると上層部は考えております。それに対応する為に、近衛隊を含めた全ての部隊から精鋭を選抜して特別部隊を作り、この陣地に配置されることになったのです」

さり気なく自分は選ばれてここにいるのだと言っているが……その胸を張っている選ばれし者の後方には、明らかにクリスさんよりも偉い立場の人が仁王立ちしている。

「概ねクリスの言う通りですが、正確に言うと私とクリスを含めた選抜隊の者たちは、オオトリ家

のサポートをする為にここにいます。オオトリ家は私兵どころか従者もいないので、それらの代わりといった意味もあります。その中でも私とクリスは陛下とライル様の命令により、なるべくそばで待機するように言われました。ただ、私は隊長としての仕事もあるので、主にクリスが担当することになります」

クリスさんよりも偉い人であるジャンさんによると、近衛兵を一般人のサポートに向かわせる必要はないとの意見も出たそうだが、実際はオオトリ家と近衛兵の共闘部隊という扱いで、細々としたサポートは共闘のついでに一番親しいクリスさんにでもやらせとけということだそうだ。ちなみに、クリスさんは自分が選ばれた理由の一つに俺と親しいからというのが含まれていることは理解していたそうだが、サポートをさせる為だとは今初めて聞かされたようで、軽く混乱していた。

「ふむ、それではクリス、茶を二杯……いや、三杯入れてもらおうかのう」

「ジャンさん、椅子どうぞ」

「これは申し訳ない……クリス、早くお二人にお茶をお出ししろ。ただし、急ぐのは当然だが、近衛の名に恥じないお茶を入れるんだぞ」

ジャンさんに椅子を勧め、三人でクリスさんの入れるお茶を待つことになった。クリスさんはぶつくさと小声で何かを呟いていたが、近衛兵への命令は王族……今回は王様かマリア様から下されたものなので、じいちゃんの指示に逆らうことなく行動していた。

そんなクリスさんの入れたお茶はというと、

「渋いね」

「渋いな」

「まずいのう」

俺たちから酷評されていた。まあ、渋いお茶が好きな人には許容範囲の味かもしれないが、少なくとも俺たちの口には合わなかった。そのことに対しクリスさんは、

「仕方がないじゃないですか！　普段お茶は、入れるんじゃなくて入れてもらうことの方が多いんですから！」

などと言っていたが、ジャンさんが「最低限のことは新人の頃に教え込まれるはずだが？」と訊くと、

「いえ、まあ、何というか……私、自分で言うのも何ですが、出世が早かったもので……」

とさらに返していたが……

「つまり、それにかまけて基本的な雑用は手を抜いていたということですね」

「たとえ出世が早くとも、近衛隊では最年少の下っ端なはずじゃから、忙しくともやらされると思うんじゃがのう？」

「多分、若すぎて他の者が手を貸していたのでしょうね。クリスもクリスで、それに甘えていたということなのでしょう」

結局のところ、俺たち三人はクリスさんがさぼっていたからだという結論に至った。

この決定にクリスさんは何も言わなかったが、渋い顔をしていたので言わないではなく言い返せないといったところだろう。

「それで、リッチが現れた時、ジャンさんたちはどう動くのですか？　それと、精鋭部隊の人数は？」

「まず、ここに派遣されたのは一〇〇名で、有事の際は戦闘も行いますが、基本的には他の部隊との連絡隊と思ってください」

個々の戦闘能力は高いものの戦闘部隊としては人数が少ないので、この部隊だけで戦うことよりもオオトリ家と他の部隊との間を取り持つ連絡隊として動くことを優先するそうだ。

近衛兵を含む精鋭部隊を連絡員に使うというのは、普通贅沢《ぜいたく》すぎてあり得ないことではあるが、近衛兵ならば王族の率いていない部隊の指揮系統に影響されない為、ほとんどの戦場を無条件で移動することができる。なので、どこに現れるかわからないリッチと戦う予定の俺たちの動きに合わせる部隊としては最適なのだ。

「本当ならば最低でも五〇〇は欲しいところでしたが、さすがにそれほどの精鋭を引き抜くことは不可能でした。その分、オオトリ殿と訓練などで面識があるという者を優先して選んでおりますので、反発して和を乱すといった心配は少ないかと思われます」

「まあ、たとえ五〇〇おったとしても、数千数万の群れで動くゾンビ相手では分が悪いから無理だけはするでないぞ。わしやテンマと違い、お主らは空を飛んで逃げるということができぬのじゃからな。それはそれとして……クリス、茶を入れ直してくれ」

「あっ！　俺のも」

「俺のも頼むぞ。今度は失敗するなよ」

二度目ともなるとクリスさんは大人しくお茶を入れ始めたが、その味はやっぱり渋かった。しかも、何故かクリスさんはお茶を入れている間、ちらちらと俺を睨んでいた。そして、ジャンさんにバレて怒られていた。

「ジャン様、報告があります！」

「入れ！」

二杯目のお茶をちびちび飲んでいると、テントの外からジャンさんに声がかけられた。返事をする前にジャンさんが俺とじいちゃんに視線を向けたので頷くと、報告に来た騎士をテントの中に入れた。

「第一陣地が突破されたとの報告がありました。正確な数はわかっておりませんが、突破したゾンビは万を優に超えるとのことです」

「こちらの被害は？」

「罠の為に残っていた者たちのうち、第二陣地に来ることができたのは数名だけだそうですので、ほとんどが犠牲になったものと思われます」

罠の為に残ることになっていたのは騎士団の中でも魔法が得意な者たちで、第一陣地では主力とされていた者たちばかりだそうだ。

「俺が聞いていた人数は一〇〇人ほどだが、そのほとんどが犠牲になったということは、何らかの理由で自分たちの魔法に巻き込まれたか、予想外のことが起こったということか……そのことについての報告はないのか？」

「今のところ、入ってきた情報はそれだけです」

ジャンさんが精鋭部隊としてここに来る前に聞いていた話では一〇〇人ということだったらしいが、もしかすると近衛隊を離れた後で計画が変更されているかもしれないので、正確な人数は知らないとのことだった。しかし、当初の予定から人数が増えることはあったとしても大幅に減ることは考えにくいので、一〇〇人の魔法を使える部隊がほぼ全滅したとみるべきだろう。

「報告します！」

最初の報告が終わってからほとんど間を空けずに、次の報告が入ってきた。

その報告によると、ゾンビの群れの中にいた四つ腕の化け物と、これまで確認されていなかった新たなゾンビにより奇襲を受けたとのことだ。

ここに来て新たなゾンビの登場というだけでも嫌な話だが、さらに厄介なことにそのゾンビは魔・・・法を使うということらしいのだ。

「リッチというわけか……しかも、それが複数も現れただと……」

「おそらくは……ただ、その新たなゾンビは魔法こそ使うらしいのですが、オオトリ殿の報告にあったような化け物ではないとのことです。むしろ、単体でなら四つ腕の化け物の方が強いかもしれないとのことでした」

第一陣地から何とか逃げてきた騎士の話によると、『火災旋風』の邪魔をするように魔法を使うゾンビが遠距離から攻撃してきて、そこにできた隙を突くような形で四つ腕の化け物が突進してきて暴れたそうだ。

「魔法を使うゾンビが四つ腕の化け物よりも弱いという理由は？」

「四つ腕の化け物が突進してきた後、魔法を使うゾンビも前進してきて騎士団との乱戦となったそうですが、四つ腕の化け物とは違い魔法を使うゾンビの方は力も耐久力も弱く、さらには遠距離の時も乱戦の時も強力な魔法は使わなかったとのことです。以上のことから、使える魔法は威力の低いものか隠しているかは不明ですが、接近戦ではさほど脅威ではないというのが上層部の下した判断となります」

ゾンビが力を隠しているだけという可能性もあるが現時点では確認することができないので、四つ腕の化け物と比べると危険度は下がるとのことだ。

「そうすると、ゾンビの魔法に気をつけなくてはならないのは当然だが、その後の四つ腕の化け物の突進の方が脅威ということか……」

「じゃが、逆に考えれば、魔法が飛んでくればその次は四つ腕の化け物が来るということじゃから、わかりやすいとも言えるのではないか？　わしとしては、ゾンビの群れと戦っている時に急に現れるよりは対応しやすいのう」

「いえ、そう言えるのはマーリン様……とテンマ君やディン隊長くらいですよ。いくら威力が低かったとしても、当たり所が悪ければ死んでしまうこともあるんですから。それに外れたとしても、魔法にも気を配らないといけない分だけ、不利な状況での戦いを強いられるわけですし」

第一陣地が突破され、リッチもどきのゾンビも現れたそうだが、標的のリッチが現れていない以上俺とじいちゃんは下手にここを動くわけにはいかないので、報告を受けても割とのんびりした空気が漂っていた……あくまでも、『俺とじいちゃんの間には』だけど。

ジャンさんとクリスさんは表面上落ち着いているようにも見えるけれど、よく見ると貧乏ゆすりをしていたり指がテーブルや膝などを小さく何度も叩いたりしているので、内心は焦っているのだろう。もしかすると、ジャンさんたちも俺と同じく下手にこの場を離れるわけにはいかないので、そのもどかしさが表れているからかもしれない。

「ジャンさん、とりあえずは、いつでも部隊を動けるようにしておいた方がよくないですか？　俺とじいちゃんはいつでも飛び出せますけど、騎士たちの準備……特に馬はそうもいかないでしょ？」

馬も生き物なので食事や休憩をとらせなければならないし、戦場に出る以上はその為の準備もさせなければならない。しかし、馬の負担を考えると休息中も鞍《くら》や手綱などを装備させっぱなしというわけにはいかない。

「確かにそうだ……ですね。クリス、部隊全体にいつでも出動できる準備をするように通達しろ。それと、馬の装備に関してはすぐに対応できるように準備をさせるんだ」

事前に鞍などを着けさせておくことができないのなら、少しでも準備の時間を減らす為の行動をとらせることにしたようだ。

基本的に騎馬隊のみで構成された部隊の時は、騎士の他に馬の世話人を連れてくることもあるそうだが、今回の部隊は俺とじいちゃんの動きに合わせる為に動きやすいものにしようとした結果、徒歩で移動することになる世話人は連れてこなかったそうだ。まあ、実際には馬の世話をする者の数に余裕がなかったというのもあるとのことだった。

しかし、馬の世話をする者を連れていくことが多いとはいえ、馬に乗る騎士自身が何もできないということはなく、新人の頃には徹底的に馬の世話と馬具に関することは教え込まれるそうだし、通常の訓練の中にも馬の準備に関することを行うので、心配はないとのことだ。もっとも、それでも得意不得意はあるそうだが、あまりにも目に余るような騎士は選抜する時に弾いているらしい。

「テンマ君……何故そこで私を見たのかしら？」

「いえ、クリスさんは先ほど、自分は早くに出世したから基本的なことはできないと言っていたので……つい」

「できないわけじゃないからね！　馬のことに関しては新人の頃にちゃんと教わっていたし、今でも訓練があるわけなのだから！」

などとまくし立てられた。

「それに関しては、私が普段の訓練を監督しておりますので保証いたします」

そこにジャンさんがクリスさんの腕前を保証したので、クリスさんは何故か胸を張っていたが
……

「それはそうとして……クリス？　オオトリ家のお二方は、王国軍とある意味同盟を組んでいる立場にあるのだが、お前は自分の言葉遣いをどう思う？」

ジャンさんの指摘に、クリスさんは「えっ！　今更⁉」と口にした（俺も同じようなことを思った）が……よくよく考えてみると、テーブルを出してから打ち合わせのようなものを開始してから、俺とクリスさんがまともに話したのは今のが最初だったような気がする。多分、それまではクリスさんはお茶を入れているか黙って待機していたし、基本的に会話はジャンさんとしかしていないから指摘はしなかったのだろう。実際にそう思ったすぐ後で、ジャンさんは自分との会話に気を使う必要はないが、いくら相手と親しい仲であったとしても、今の双方の立場を考えて最低限の態度を弁《わきま》えろと叱りつけていた。

「ジャンさん、気にしていませんから、それくらいにしてあげてください」

「そうじゃな。いつも通りすぎて、わしも全く気にしとらんかったわい。わしらが気にしとらんの

だから、ジャンさえ黙っておけば特に問題になることはなかろう」

　ジャンさんのお叱りの言葉が切れたところを狙って声をかけると、ジャンさんはまだ何か言いたそうにしていたが、俺とじいちゃんがそう言うのならという感じでクリスさんを解放した。クリスさんは胸を撫《な》で下ろす前に、俺とじいちゃんに感謝の言葉を口にしてもいいような気もするが……それを言うとジャンさんのお説教がまた始まり止めた意味がなくなりそうなので、今は黙っておくことにした。

　ちなみに、ジャンさんとクリスさんの馬の準備だが、本格的に叱りつける前に近くにいた騎士に代わりに準備するように伝えていたので、今頃は完了して次の指示を待っている頃だろう。

「申し訳ありませんが、一度部下たちの様子を見てまいります。クリス、行くぞ！」

「はっ！　それでは失礼します」

　クリスさんは先ほどジャンさんに怒られたせいか、やけに動きがきびきびとしていた。

「いつもあれなら、ジャンヌやアウラからもう少し尊敬されると思うのに……」

「まあ、あれはよそ行き用に猫を被っているからのう。うちに来たら即脱ぎ捨てるじゃろうな」

　どうあっても、ジャンヌとアウラの尊敬を今以上に集めることはできないと、じいちゃんは笑って言った。

「そんなことよりも、魔法が使えるゾンビというのは厄介だよね。遠距離からの攻撃は王国軍側の独壇場だと思っていたのに、威力が低いとはいえゾンビもできるとなると、それだけゾンビが接近しやすくなるということだし」

「そうじゃな。これまで弓矢のようなゾンビに効きにくいものでも、ある程度まとめて運用すればそれなりに効果が期待できたが、次からは弓矢ではなく最初から魔法を使うことになるじゃろうな。その分、前線の騎士や兵士たちの負担は増えるということじゃ」

これまでは魔力の消費を抑える為に、弓矢や投げ槍《やり》といった物理の遠距離攻撃を最初に行うことになっていた。相手はゾンビなので物理の遠距離攻撃は効果が薄いが、物理攻撃では倒せなくともゾンビの進軍の邪魔になるので、時間を稼ぐという意味では有効的だし、前にいるゾンビの歩みが遅くなればそれだけ全体的に密集するので、その次の魔法攻撃の効率が上がるはずだったのだ。それができなくなると負担が増えるだけでなく、魔法の撃ち合いになれば最初から被害も大きくなる恐れがある。

「じいちゃん、場合によってはリッチが現れるのを待つだけじゃなくて、俺たちの方から戦場に出てリッチをおびき出すということも考えないといけないかもね」

「うむ。こちらから攻撃を仕掛けて魔力を無駄に消費するのは避けるべきじゃが、このまま待っておるだけじゃと、王国軍の損害が増えるだけじゃろうからな。様子見という感じで飛び回るだけならば、さほど疲れることはなかろう」

その分、ジャンさんたちの負担は増えてしまうだろうが、ゾンビの群れから離れた位置で待機してもらい、リッチとの戦いが始まれば動き出してもらうようにすれば、負担の増加を最低限に抑えることができるかもしれない。

「ジャンさんたちが戻ってきたら、すぐに相談してみようか?」

じいちゃんの同意も得られたのでジャンさんたちに相談することに決め、二人が戻ってきてすぐに俺たちの案を切り出した。

それに対しジャンさんは、かなり考え込みながら渋い顔をしていたが、最終的には俺とじいちゃんに動きを合わせる部隊ということで賛成してくれた。だが、王国軍の混乱を最小限にする為に、こちらから動くということを近隣の部隊に通達する時間が欲しいと言われ、伝令に出した騎士たちが戻るまではこれまで通りこの場で待機することになったのだった。

第五幕

「じいちゃん、リッチっぽいのはいる？」

「いないのう。少なくとも、わしの見ている範囲内にはおらぬようじゃ。まあ、奴は気配を消すことができるようじゃし隠れるのは得意そうじゃから、見落としがあるかもしれぬがな。それはそうと、威力が低いとは聞いておったが、これだけ放たれると少し厄介じゃな」

「平均すると、ルナの魔法と同じくらいかもね。まあ、個体差があるみたいだからあまり安心はできないけど」

囮《おとり》作戦が周囲の部隊に通達された後、俺とじいちゃんはその第一か所目として第一陣地を抜けてきた群れの真上を飛んでいた。

大体地上から五〇メートルくらいの所を飛んでいるので、四つ腕の化け物は俺たちに手が出せずに睨んでいるだけだが、魔法を使えるというゾンビは足を止めて俺とじいちゃんを狙い始めた。今のところ足を止めているのは四つ腕の化け物と魔法が使えるゾンビだけで、その他のゾンビは俺たちに構うことなく前進し続けている。おそらく、四つ腕の化け物と魔法を使えるゾンビ、そしてその他のゾンビとでは物事に対する優先順位が違うのだろう。

「もしかすると四つ腕の化け物と魔法の使えるゾンビは、人の軍でいうところの特殊部隊のようなものなのかもしれぬのう。その戦場で脅威となるものや障害を排除するのが役目なのかもしれぬ」

「だとすると、たとえリッチが現れなかったとしても、俺たちが群れの上空を飛び回るのには効果があるということかな？」

「そうじゃ、なっと！」

じいちゃんと会話していると、急にそれまでよりも速度があり威力も高そうな魔法が襲ってきた。一瞬リッチが現れたのかとも思ったが、リッチが放ったにしては威力が低すぎる。念の為、それまでよりも高度を上げて様子を見ると、魔法を放っていたのはそれまでの魔法を使うゾンビとは少し雰囲気の違うように見えた。何というか、あまりゾンビという感じがしないのだ。その表情に動きはないし、片腕がなかったり変に足を引きずっていたりするのに、痛みを感じるそぶりを見せていないのでゾンビだとは思うのだが、他のゾンビに比べると動きはなめらかで、欠損のない個体なら人に見間違えてしまうかもしれない。

「『鑑定』が効かないし、四つ腕の化け物並みの厄介な敵と思った方がいいかな？　じいちゃん、あいつらだけでも倒しておこうか？」

「そうじゃな。ただ、リッチのことを考えるとテンマはなるべく控えた方がよいかもしれぬ。まずはわし一人で行こう」

そう言ってじいちゃんは高度を落とし、強い魔法を放っているゾンビに向かって『ファイヤーブリット』を発射した。

「胸のど真ん中に当たったみたいだけど……あまりダメージを受けていないみたいだな」

じいちゃんの魔法はゾンビの胸を撃ち抜いたが、ゾンビは苦しむ様子もなくじいちゃんに向かって魔法を放っていた。あのゾンビは四つ腕の化け物と違って胸に魔石がないのかもしれない。

じいちゃんも俺と同じように考えたみたいで、胸と頭部にそれぞれ数発ずつ放って仕留めていた。

そしてそのまま、二体三体と倒したところで、俺の所に戻ってきた。

「テンマ、あ奴ら多少の魔法耐性があるらしく一発では無理のようじゃが、数発当てれば問題なく倒せそうじゃ。わしらとは、四つ腕の奴よりも相性がいいかもしれぬぞ。奴らはわしが相手をするから、テンマは体力を温存するのじゃ」

そう言うとじいちゃんは、上空から魔法を使うゾンビを狙い撃ち始めた。その途中途中で、ゾンビの魔法や四つ腕の化け物が投げる石などが飛んできている。これが地上での魔法の撃ち合いだったら、ゾンビの魔法の後に四つ腕の化け物が突っ込んでくるのだろうが、空を飛ぶことのできない四つ腕の化け物では、物を上空に投げるので精いっぱいだろう。それに、かなりの速度と射程距離ではあるが、上空に投げている以上重力には逆らえず、安全な距離を保って攻撃しているじいちゃんの脅威にはなってはいない。同じような理由で、一部を除いたゾンビの魔法も、じいちゃんに届く前に消滅しているか大きく逸《そ》れていた。

そして問題の魔法が使えるゾンビの強い個体たちだが……当たればそれなりのダメージを与えるくらいの威力でじいちゃんの所まで届いてはいるが、その程度の魔法ならじいちゃんにとって避《よ》けるのは造作もないことなので、今のところ危ない場面は一度も訪れていない。そう思っていると、

「じいちゃん、やっぱり釣れたよ！」

突然じいちゃんの死角を突くような形で、これまでとは桁違いに強い魔法が放たれた。しかし、その魔法はじいちゃんに届く前に俺が魔法をぶつけて打ち消したので、俺にもじいちゃんにも掠ることすらなかった。

「テンマ！　打ち合わせ通りわしはサポートに回る！　魔法を使うゾンビもできる範囲で倒すが、

下からの流れ弾に気をつけるのじゃぞ！　それと……ほい！」

じいちゃんはリッチからさらに距離を取ると同時に、上空に向かって魔法を放って花火のような爆発を起こした。これは、離れた所で待機しているジャンさんたちや、周辺で陣を構えている王国軍にリッチが現れたことを知らせるものだ。

この魔法を合図に、周辺の王国軍はリッチのいる付近から少しずつ離れながら、ゾンビへの攻勢を強め、ジャンさんたちはさらに離れた位置に移動しそこで周辺の王国軍からの援軍と合流して、俺たちの下を抜けてくるであろうゾンビの群れを迎撃するのだ。かなり危険な場所での戦闘となるが、いざという時は俺とじいちゃんを置いてでも安全な位置まで撤退して態勢を整えることになっている。

「今回は最初から本気みたいだな」

前の時は戦いの最中にゾンビの生命力？　を自分の力に変えて強くなっていたが、今回はすでに違うところで強化してきたらしい。前と同じだったなら、ゾンビの数を減らしつつリッチの強化を抑えるという戦い方をする予定だったのだが、さすがに対策をしていたようだ。一応このパターンも想定はしていたので慌てることはないが、厳しい状況なのには違いない。しかも、たとえリッチにダメージを与えることができたとしても、前回のように下にいる無数のゾンビを生贄《いけにえ》にして回復する可能性もあるので、ゾンビの間引きも並行して行う必要がある。

「テンマ！　当たるんじゃないぞ！」

俺とリッチが牽制している中、最初に動いたのはじいちゃんだ。

じいちゃんはリッチの斜め上から襲いかかるような軌道の魔法を無数に放ち、リッチのついでに下のゾンビにも被害が出るような攻撃を仕掛けた。

「ぬぅ……あまり効果がないようじゃな。もっと威力のある魔法をしっかりと当てねばならんというわけか」

じいちゃんの攻撃は数と速度を重視した魔法だったせいで一つ一つの威力は低く、下のゾンビに対しては大ダメージを与えることができていたが、リッチにとっては小石を投げられたようなものだったらしく、そのほとんどが簡単にかわされたり取り出した大鎌で打ち消されたりしていた。一応数を撃ったおかげでいくつかの魔法は掠ったのだが、その程度ではダメージと言えるほどのものにはならないらしい。

「まあ、ゾンビの間引きには使えそうじゃな」

リッチとの戦闘の最中に放たれると俺も被弾する可能性があるが、じいちゃんならそんなへまはしない……と思う。

危険な戦法になってしまうが、じいちゃんの先ほどの魔法もリッチに対しての牽制にはなるので、頻繁にだと困るが全く使ってくれないというのも困る。もっとも、そのあたりのさじ加減は俺よりもじいちゃんの方が経験豊富なので、使いどころを間違うことはないだろう。

「テンマ！　ジャンたちの方も戦闘が始まったぞ！」

リッチから目を離すわけにはいかないので視線を向けることはできないが、聞こえてくる音で開始早々から激しい戦いになっているのがわかる。

「突っ込むから、援護よろしく！」

ジャンさんたちの戦っている場所は、もしかすると想定していた場所より近いようだ。そうなると急にリッチの矛先がジャンさんたちに向くことも考えられるので、受け身でいるよりはリッチを押しやるくらいの勢いで攻めた方がいいかもしれない。

「了解じゃ！　ほいさ！」

突っ込む俺を追い抜くようにしてじいちゃんの魔法がリッチに襲いかかり、それでできた隙を突く形で俺はリッチに一撃を入れることに成功したのだった。

◆ジャンSIDE

「ジャン隊長！　サルサーモ伯爵家とカリオストロ伯爵家より、それぞれ援軍が来ました！」

「わかった。代表をここに連れてきてくれ」

近衛隊では副隊長なのでまだ慣れていない呼び方だが、そんな様子を見せては援軍に来た者たちに舐《な》められてしまう可能性がある。何せ、全ての援軍が素直に俺の指示に従おうと思っているとは限らないのだ。むしろ、指示に逆らってでもここで成果を上げて、戦後に他よりも多くの恩賞を得ようと企んでいてもおかしくない。

そんな中、いの一番に駆けつけてきてくれたのがサルサーモ伯爵家とカリオストロ伯爵家だというのはありがたい。二家は王族派の重鎮であるサンガ公爵家の派閥に入っている伯爵家であり、当主はサンガ公爵様の義理の息子だ。そして、テンマの義理の兄でもある。多少の思惑があったとしても、テンマが不利になるような行動を起こすことはないだろう。

いつも以上に気を引き締めてクリスに指示を出すと、すぐにそれぞれの代表だという騎士を連れてきた。そのまま軽い打ち合わせという形で目的と指揮系統についての話をすると、二人の騎士はそれぞれの主から持たされていたという手紙を差し出してきた。その手紙を要約すると、基本的に特別部隊の隊長の指示に従わせるということが書かれていて、手紙の最後にはそれぞれの当主のサインも入れられていた。

その手紙を読んでから、念の為二人にも確認を取ると、理不尽な命令でない限り従うようにと言われて送り出されたとの言葉が返ってきた。その際、「くれぐれも義弟殿の役に立つように」とも言われたそうだ。

両軍ともほぼ同じようなことを言われたそうなので、事前にサルサーモ伯爵とカリオストロ伯爵の間で話し合いが行われていたのだろう。

「ジャンさん、あの二人は信用できそうですか？」

「まあ、大丈夫だろう。サルサーモ伯爵家もカリオストロ伯爵家も、テンマとはサンガ公爵家を通じてかなり濃い縁を持つ家だ。下手に動いてオオトリ家とサンガ公爵家、それに王家に睨まれるよりも、無難に動くだけでかなりの利益を得ることが可能なんだ。普通に考えれば素直に従う方を選ぶだろうよ。それに、俺の下について指示に従っておけば、何かあった時は全て俺の責任ということで言い逃れができるからな。ついでに言えば、最初に援軍を寄越したとなれば王家の印象も良くなるし、よほどのことがない限りは後から来た援軍より発言力は強くなるからな」

その後、続々と援軍が到着し、すぐに部隊の数は一〇〇〇を超える規模になった。

万を優に超えるゾンビの群れと戦うには少ない数ではあるが、それぞれが馬に乗った精鋭の部隊なので、無理攻めをしなければ十分戦えるだろう。

援軍を含めた割合は、全体の半数以上が王族派で三割くらいが中立派、残りは改革派（王族派よりの穏健派）と無所属の貴族から送られてきた者たちだ。その中で目立っているのは、やはりというか最初に到着したサルサーモ伯爵家とカリオストロ伯爵家の者たちだった。その理由は一番に到着したというだけではなく、他の貴族が多くて五〇を超える程度の援軍なのに対し、両家はそれぞれ一五〇の騎士を送ってきたからだ。これにより、部隊の三分の一近くをサンガ公爵家の派閥が占めることになっており、ついでに言うと、援軍に来た中では伯爵家が最上位の貴族となっていることも関係していると思われる。

そんな中、テンマとマーリン様に向かってゾンビの群れから魔法が放たれ、マーリン様が応戦を始めたことでいよいよ俺たちの出番が近づいてきたのだと、すぐに戦う準備を始めようとした時、新たな援軍が向かってきているとの知らせが来た。それも、明らかにこれまでに来た援軍をはるかに上回る数が一度に。

「クリス！」

「はっ！　確認してまいります！」

すでに隊列を組んでいることもあり、今来ている援軍は申し訳ないが後ろの方に配置させてもらうことになるだろうが、それでもどこからの援軍なのかを確認しなければならないのでクリスを出迎えに向かわせたが……しばらくして慌てた様子でクリスが戻ってきた。その後ろには、複数の騎士がついてきている。その先頭に立っている騎士の掲げている旗にはこの場にいる全員を驚かせる家紋が入っており、特にサルサーモ伯爵家とカリオストロ伯爵家から派遣されてきた騎士たちは動揺を隠せないでいた。

「まさか、クロムフェル侯爵家から援軍が来るとは思っていませんでした」

クロムフェル侯爵家は、外務大臣のアラン・ヴァン・クロムフェル伯爵様のご子息が当主を務める歴史ある名家だ。クロムフェル伯爵（当時は侯爵）は当主の座を早くに譲り、自身は若い頃に勤めていた外務省に復帰。その後、一〇年足らずで外務大臣にまで上り詰めた異色の人物だ。ちなみに、肩書にある『伯爵』は、クロムフェル侯爵家が保有するものを使っている。

「遅くなり申し訳ありません。侯爵家の当主である伯父上《おじ》より、中立派からの有志を連れていくようにと言われたのですが、思ったよりも人数が集まってしまったので、念の為軍部に戦場を移動する許可を取りに行った為、到着が今になってしまいました」

クロムフェル侯爵をおじと呼ぶということは、目の前の若者は侯爵の血族かそれに近い立場にあるということだ。下手をするとこの部隊の指揮系統が乱れてしまう原因になりかねないが、侯爵から持たされたという手紙には俺に指揮を任せると書かれており、若者も若輩者だからと末席でも構わないと言った。ただ、侯爵の甥《おい》（侯爵の実弟の息子であり、今は爵位こそ持っていないが将来的には与えられる可能性が極めて高いと思われる）を本人の言う通りの末席に置いておくわけにはいかず、部隊の前の方にいるサルサーモ伯爵家とカリオストロ伯爵家の横に並ばせる形で隊列を組み直した。

突然の隊列変更について伯爵家の騎士たちには不満があるかもしれないが、横並びということで納得してほしい。何せ、ここに来てのクロムフェル侯爵家（正確には中立派の連合軍）の参加で、王族派と中立派の数が逆転してしまったのだ。侯爵家が指示に従うと言ってくれている間は、下手に波風を立てて和を乱してしまうようなことは避けたい。

「ジャン隊長！　リッチが現れました！　それに伴い、ゾンビの群れが進軍を開始しました！　あと少しで迎撃予定地点に到達します！」

「わかった！　敵が予定地点に到達次第、我々も作戦を開始する！　再度言うが、我々の目的はゾンビの群れを殲滅することではない！　できる限り被害を抑えつつ、相手側の数を減らしてオオトリ殿の援護を行うことだ！　近接戦を仕掛ける者は、決して深追いはするな！　危ないと思ったらすぐに引け！　魔法を使う者は、常に遠くに向かって放つように心がけろ！　狙いをつけなくとも、群れに向かって放てば必ず当たるという程度の数がいるからな！　そして、合図が出たら戦闘を中断して後方に退避することを忘れるな！」

今回の俺たちの役割として、テンマとマーリン様のサポートの中に、ゾンビの数をできる限り減らして手助けをするというものも含まれている。これはリッチがゾンビを生贄にして自身を強化・回復する為、少しでもそれを妨害しようという意味合いが強い。それならばいっそのこと、大部隊を編成して一気に叩けばいいとの意見も当然ながら出たのだが、そうすると今度はテンマとマーリン様が気兼ねなく動くことができなくなる。邪魔になるくらいなら、戦う前のオオトリ家の二人の身の回りの世話だけをやって、あとは後ろに下がって様子を見るだけの方が戦果は上がるだろう。

しかしながら、戦争の一戦場に一般人（個人的な意見としては、オオトリ家はその枠に収まることはないと思う）を送り、戦闘の全てを任すというのは軍の存在意義に関わる。

なので、精鋭部隊で少しずつでも数を減らして手助けをするという結論に至ったのだが、いくら個々の能力が高い者を集めたとしても数の暴力の前には意味をなさないことが多い。しかも、部隊というものは数が増えるほどに連携の精度は落ちていくので、全員が同時に指示通りに動くということは難しい。それを少しでも回避する為に、一五〇〇ほどの部隊（クロムフェル侯爵家の到着前は一〇〇〇くらい）を三つに分け、第一陣が戦闘中は第二陣が周囲の警戒をし、第三陣が休憩及び緊急時の予備戦力にするという形にした。合図もわかりやすいように、テンマから教えてもらった魔法で上空に小さな爆発を起こす方法だけにした。この爆発で戦闘中の部隊は後方に下がり、次の部隊が前に出るのだ。もし次の部隊が前に出なければ、それは想定外のことが起こったということで、戦闘していた部隊は次の部隊の指揮官の指示に従うように決めている。ちなみに、第一陣の指揮官は俺で第二陣はクリス、第三陣はテンマと面識のある第一騎士団の部隊長だ。

各援軍の責任者（もしくは、同じ派閥で固まった時の責任者）に部隊を三つに分けてもらい、それぞれの戦力がなるべく均等になるようにさせたが……案の定というか、俺の担当する第一陣に戦力が集中してしまっている。それは、サルサーモ伯爵家やカリオストロ伯爵家、そしてクロムフェル侯爵家（中立派連合軍）の責任者がいるように、一番目立ち活躍もしやすいのが第一陣だからだ。戦後に誰々が一番初めにゾンビを攻撃したとか倒したとかで揉めそうだが、それは全てが無事に終わってから勝手にやってもらおう。どうせ俺たちの部隊はどれだけ頑張ったとしても、テンマとマーリン様の活躍の前では霞《かす》んでしまうのだからな。むしろ、騒げば騒ぐだけ、恥ずかしい思いをするかもしれないしな。

ただ、張り合うという意味ではクリスも心配ではあるが……あいつの場合はテンマと距離が近いだけに、この場では周りと張り合ったとしても、その後まで付き合うことはないだろう。やるとすれば、テンマに恩着せがましく何かをねだるくらいのものだろう。王国軍の中でそれができるのは、おそらくあいつ《クリス》だけだろうな。ライル様もできるかもしれないが……それをやると色々と洒落《しゃれ》にならないからな。マリア様も大激怒するだろうし。

「ジャン隊長！　ゾンビが予定地点に到達しました！」

「わかった！　第一部隊、準備はいいな！　絶対に命を粗末にするな！　無理して目の前の一匹を倒すより、引いて態勢を整えた後で二匹目三匹目を狙うのだ！　引くことは恥ではない！　蛮勇を振るって倒れることこそが恥ずべきことだ！　そして蛮勇を振るったその先には、仲間を窮地に追いやる結末が待っているのだと心得よ！　では行くぞ！」

今の言葉にどれだけの効果があるのかはわからないが、これで一人でも無謀な行動を起こす者が減ってくれることを祈ろう。

そんな俺の心配をよそに行動を開始した第一陣の騎士たちは、我先にとでも言わんばかりの勢いでゾンビの群れに突進している。中には勢い余って、ゾンビの群れの中に突っ込んでしまって落馬した者までいた。あの勢いでは、ゾンビに襲われる前に落馬の衝撃で命を落としているかもしれない。

「馬が元気なうちは、機動力を活かして戦うんだ！」

戦闘を開始して早々に、俺はある大きな間違いを起こしていたことに気がついてしまった。それは、『数百人規模の騎馬隊での戦闘経験が不足している』ということだ。

良くも悪くも平和の続いた王国は、小競り合いはあっても大きな戦争は俺が生まれてから起こっていない。その為、演習という目的で騎馬隊を組むことはあっても、実戦など経験したことがない者ばかりなのだ。

もちろん、個人や数人規模でなら騎馬戦の経験を持ち、名人・達人と呼ばれる者がこの部隊にもいるだろう。しかし、演習はもちろんのこと、この規模の実戦となると個人や少人数での経験などあまり役には立たない。つまり、今回の戦争に参加している者のほとんどが、この規模の騎馬戦に関しては初陣とも言えるような状態なのだ。

「思った以上に集まりすぎたのも原因の一つか……くそっ！　早く立て直さないと！」

集合前は援軍を含めて多くても一〇〇〇にも届かないだろうと思っていたが、ふたを開けてみれば近隣からの援軍だけで一〇〇〇に届き、さらには想定外のクロムフェル侯爵家の参戦で一五〇〇を超えてしまったのだ。その為、初めから三つに分ける予定だった部隊は一つ一つの数が倍近くとなってしまい、連携がとりにくくなってしまった。おまけに、最後に参戦してきた中立派に対抗意識を燃やした王族派のせいで、勢いがつきすぎてしまって周りが見えていない者も多い。

「王族派の援軍が足を引っ張ってどうするんだよ、まったく！　ん？」

周囲の者たちへ指示を飛ばしながら近づいてきていたゾンビを斬り捨てていると、開始一〇分も経っていないというのに後退の合図が出た。

「早すぎるが、これは立て直すチャンスだな……後退！　後退だ！　後退しろ――――っ！」

思いっきり声を張り上げて後退の指示を出すと、一部の者を除いて即座に俺の声に反応して動き始めた。だが、興奮しすぎて聞こえていない者や、奥に入り込みすぎて身動きが取れない者もいる。そのうち、興奮しすぎている者は周りにいた者が無理やり引っ張るなどして戻ることができていたが、入り込みすぎていた者に関しては抜け出すどころか反転しようとした隙を突かれ、ゾンビに馬から引きずり降ろされて姿が見えなくなってしまった。あの様子では、もう生きてはいないだろう。たとえまだ生きていたとしても、助けに行けば二次被害は免れないし、自分のミスであぁなっている以上、悪いが見殺しにするしかない。

「第二陣、行くわよ！」

後退中の俺たちの間を縫うようにして、クリスが率いる第二陣がゾンビの群れに向かって突進していった。俺たちの第一陣とは違い、目の前で失敗例を見ているからか気合十分の割には先走っている者はいないように見える。

「隊列を組み直せ！　それと、被害を確かめろ！」

第三陣の後ろまで移動した俺は、すぐに第一陣の主だった者たちに指示を出した。その結果わかったことは、

「戻ってこられなかったのは一二名か……」

あれだけの規模の敵に突っ込んでいって、被害が一二名だけだというのは少ないようにも思えるが、実際には数が違うとはいえ自分たちよりも弱い相手（四つ腕の化け物と魔法が使えるゾンビはテンマの方に向かっているのか、先ほどの戦闘では確認できなかった）に対し、開始から一〇分程度での被害なのだ。しかも、その大半が王族派の援軍から出たというのも頭の痛い問題だった。

「怪我をした者は今のうちに手当てをしておけ！　たとえ小さな傷であっても、ゾンビに付けられたものだと後々傷口が腐ることもあるからな！」

ゾンビの腐り具合にもよるが、どんな汚れを持っているのかわからない相手からの傷は、たとえ小さなものでも命に関わるものになることも珍しくはない。その為この部隊には、万の数の部隊に与えられるのと同じくらいの薬が配られている。さらにはオオトリ家から提供された薬もあり、小さな傷でも気兼ねなく使えるくらいの傷薬を保有しているのだ。ただ、こんな調子が続くのならば、

使用頻度を抑えなければならないかもしれない。

「少し第二陣の様子を見てくる」

第二陣の様子を見る為に第三陣が控えている場所まで移動すると、クリスたちは俺たち第一陣とは違い、余裕を持ってゾンビを倒していた。

「クリスたちはうまくやっているようだが……あの様子だと、終わった後であいつに何を言われるかわからんな」

クリスたちが戦果を上げているのは隊長としてはありがたく嬉しいことではあるが、その後のクリスの俺への態度を考えたら……それも頭の痛い問題だ。

◆クリスSIDE

「ジャンさん、援軍で来た騎士たちを抑えきれてないわね……予定よりかなり早いけど、第一陣に後退の合図を出すわよ！　それと、合図を出す前に今の第一陣をよく見ておきなさい！　変に功名心を出した一部の騎士のせいで、第一陣は崩壊してもおかしくない状況になりつつあるわ！　わかっているとは思うけど、あれはやることをやって負ける以上にまずい状況よ！　全てが終わった後でテンマ君……テンマ・オオトリ殿に援軍は邪魔をしに来ただけだったと言われでもしたら……私たちは歴史に名を残すことになってしまうわよ。もちろん、悪い意味でね」

勝敗は兵家の常とは言うけれど、一度の負けで全てを失うことは珍しくもないし、そうなれば挽《ばん》回《かい》する機会すら得ることができなくなるでしょう。その原因が自分たちの暴走によるものであれば、たとえこの戦いに生き残ったとしても、多くの人たちから後ろ指を差されるに違いないわ。

後ろ指を差されたとしても、それが自分だけなら諦めがつく人もいるかもしれないけれど、ここにいる全員は何かしらの思惑があって自分たちより上の存在から派遣された者ばかりだ。つまり、私たちのへまはそのままその上の存在の顔に泥を塗ることになり、家族がいればその家族の未来にも影が差すことになるでしょうね。

それを理解したのか、先ほどは第一陣にいる自分たちの派閥の騎士がゾンビの群れに突っ込んでいく姿を見て歓声を上げていた者も、今は苦い顔で第一陣を見ていた。

「わかったのなら、私たちは一つの群れとして作戦通りに動くわよ！」

作戦といっても、そんなに高度なものではない。私たちは事前の話し合いで、魔法が使える者を配置している時の基本となる、『近接戦の担当が相手の足止めを行い、後方で待機していた者が魔法などの遠距離攻撃を行う』という、いたってシンプルな戦法を採ることにしていた。

場合によっては遠距離攻撃の前に近接戦をしている者は一度引くこともあり、その時に背後から襲われるという危険性もあるけれど……相手は移動速度が遅く数の暴力以外にこれといった武器のないゾンビだし、今のところは四つ腕の化け物や魔法が使えるゾンビはテンマ君に気を取られてあの場所にはいないみたいだから、シンプルな戦法の方が成功率と効果が高いはず……と言ったら皆納得した。

統率の取れた動きが求められる分、個人の活躍は見込めないので、援軍で来た騎士の中には不満を持っているのもいたみたいだけど、第一陣の苦戦を直《じか》に見たおかげで不満に思っている場合ではないと切り替えたみたいだ。ジャンさんには申し訳ないけど、私としてはとてもありがたい。

「第一陣に後退の合図を出しなさい！」

「了解しました！」

私の指示を聞いて、そばで待機していた騎士が上空に魔法を放って第一陣に後退の合図を出すと、ジャンさんはすぐに戦場から離脱を始めた。中には奥に入り込みすぎてゾンビに引きずり降ろされたり、合図に気がつくのが遅れた者もいたりしたみたいだけど、すぐにゾンビの前から生きている騎士はいなくなった。

「近接戦担当の者は、私と共に一気に駆け降りるわよ！　くれぐれも仲間との連携を忘れずに戦いなさい！　遠距離担当の者は、いつでも攻撃できるように準備をしつつ、離れた位置で私からの合図を待ちなさい！　くれぐれも後退してくる第一陣の騎士とはぶつからないように……第二陣、突撃――――！」

私の号令で、近接戦を担当する騎士たちが声を上げながら馬を走らせた。気合が入っているというよりは、第一陣の苦戦を見て緊張し、それをごまかす為の声のようにも聞こえるので無理だけはしないでほしい。

坂を下り終えたタイミングで第一陣の騎士たちとすれ違ったが、その表情はどれも渋いものだった。自分たちのやり方がまずかったことを認識しつつも、立て直すことができなかったからだろう。特にジャンさんは、私がこれまでに見てきた中でも一番といっていいくらいの渋い顔だ。なんかかわいそうになってついつい馬の足を緩めてしまったら……何故か睨まれた。解せない。まあ、ジャンさんを見つけてからすれ違うまではほんの数秒で、目が合ったのは一秒ほどのことだったから、もしかすると私の勘違いだったのかもしれないけど。

「冷静に戦いなさい！　死力を尽くして戦うような相手ではないわ！　敵は多いけれど、焦らずに周りと連携して倒していけば、私たちは必ず勝てるわ！　もし周りと連携できないほどの腕しか持っていないという者がいたら、邪魔だからすぐに回れ右をして元いた自分の陣営の所まで帰りなさい！」

第一陣の間をすり抜け、ゾンビの群れとぶつかる直前に皆に発破をかけると、気合の入った声を出しながら群れの前列にいたゾンビにぶつかっていった。しかし私の発破が効いたのか、最初にぶちかました後は深くまで入り込まず、常に馬を動かしてゾンビを攻撃し始めた。

一度の攻撃で倒れるゾンビは少なかったけれど、すぐに他の騎士の攻撃を受けて倒れるゾンビの数が増えていた。開始早々ということで馬が元気で、騎士たちの士気も高く連携を念頭に戦っているので、今のところ私の見える範囲では負傷者を出すことなく戦えている。

「近接組、一度引きなさい！」

一糸乱れぬ動きとまではいかないものの、私の指示通りに近接担当の騎士たちはゾンビの前から離脱し、全員が離れたタイミングで今度は遠距離担当の騎士たちが魔法を使用した。

さすがにテンマ君やマーリン様のような威力があるわけではないけれど、近接担当の騎士たちに動きを止められたゾンビの群れは第一陣が戦っていた時よりも密集していたので、普通の威力の魔法がまるで高火力の魔法のようにゾンビの群れに大打撃を与えていた。

「遠距離組、攻撃を停止！　近接組は、もう一度行くわよ！」

もう一度ゾンビの群れに突進すると、今度は最初の攻撃よりも前の方にいるゾンビの数が減ったおかげで群れの隙間が広がっており、馬が動きやすくなっている。ただ、所々ゾンビのかけらや火

魔法により燃えている最中の部位が転がっているので、それらを踏まないように気をつける必要はあったが、私たちの馬はよく訓練されている馬たちばかりだったので、何の指示を出さなくても勝手に避けてくれたのでありがたかった。

ある程度近接組がゾンビと戦い、群れが密集してきた時点でまた遠距離組が……というのをその後二度繰り返したところ、三回目の遠距離組の魔法が終わるというタイミングで第三陣との交代の合図が出た。個人的な感覚としては早いようにも思えたけど、実際は第一陣の倍近くは戦っていただろう。しかし、私たち第二陣は怪我人こそ出たものの死者は皆無なので、損害と戦果からすれば大成功だったと言えるでしょう。

「第三陣、突撃――――！」

後退する私たちと入れ替わる第三陣は部隊を二つに分けているので、私たちのような作戦を採るのだろう。こんな感じで回していけば、想定よりも早くゾンビの群れを壊滅させることができるかもしれない。もっとも、壊滅する前に四つ腕の化け物や魔法を使うゾンビが来るでしょうから、そんな理想的な状況にはならないとは思うけれど……ゾンビの群れを削れるだけ削れば、あのリッチが強くなることはないそうだから、テンマ君に余裕ができればマーリン様の助けも期待できるでしょう。そうなれば私たちの勝利は目前ね。

第三陣の遠距離部隊と思われる騎士たちの横を過ぎ、第一陣が見えてきたところで馬上ではあるけれどジャンさんに敬礼でもしておこうかしら？　と思ってその姿を探したところ……ジャンさんは第一陣の先頭でとても怖い顔をしてゾンビの群れを睨んでいた。なので、私は心の中で敬礼をして、なるべくジャンさんの視界に入らないようにしながら第一陣の後方を目指した。

「ジャンさん、めちゃくちゃキレていたけど……暴走して危ないことにはならないわよね？」

もしかしたら、今度はジャンさんが原因で早めの交代をするかもしれないと、私は心配になったのだった。

第六幕

リッチとの戦いは、互いに決定打を与えることができない膠着《こうちゃく》状態が続いていた。ただ、こちらがリッチの攻撃を受けた場合の回復手段が限られている上に大きな隙になりやすいのに対し、リッチの方はたとえダメージを受けたとしてもゾンビを生贄にすれば回復してしまうのだ。膠着状態とはいえ、その内容は俺たちにかなり不利なものだ。しかし選抜部隊が活躍するにつれて、少しずつではあるがリッチの回復速度にむらが出始めた。

リッチとの戦いが始まってから、俺とじいちゃんの下では四つ腕の化け物と魔法を使うゾンビがうろうろしているのだが、普通のゾンビは足を止めずに前進し続け、選抜部隊に倒されている。

相変わらず全てのゾンビを倒すまでにどのくらいの日数がかかるのだろうかと思えるほどの数がいるが、じいちゃんの範囲攻撃の余波で所々ゾンビの群れが分断されている箇所が増え、そういった場所が真下辺りに来た時のリッチは回復速度（下からリッチに向かっていく靄の量）が落ちるのだ。

このことから、リッチがゾンビを生贄に使う為の距離は思ったより狭いのと、何故かその生贄に四つ腕の化け物と魔法が使えるリッチは使用しない、もしくは使用できないのではないかという仮説を立ててみた。その仮説をじいちゃんにも伝え、今は範囲攻撃の回数を増やして大体の範囲を摑もうとしているところだ。

「テンマ！　おおよそじゃが、リッチが回復に使う範囲は大体一キロ以上、二キロ未満というところのようじゃ！」

リッチが回復する時にゾンビから出る靄を確認した結果、範囲は二キロメートル未満であるということがわかった。完全にその情報を当てにして戦うのは危険ではあるが、前回の戦いの時、リッチは俺との戦いの余波で多数のゾンビが巻き添えになっているのに途中まで気がついていなかったので、ゾンビの群れに力を与えて操って入るが、ゾンビが得た情報を共有する能力はないはずだ。そうなるとリッチはゾンビの全てを支配下に入れているとは思えないので、ゾンビから力を抜き取る為には距離などの条件があるというのは十分に考えられる。

「じいちゃん、ジャンさんに部隊が前に来すぎているから、キリのいいところでもっと遠く……あと三キロは下がるように言ってきて！」

短時間とはいえ、じいちゃんの援護がなくなってしまうのは怖いが、リッチとの戦いで動き回ったことと、ジャンさんたちの勢いがゾンビの群れを上回っている関係で、戦闘開始後は五キロメートル近くあった俺とジャンさんたちとの距離が、今では三キロメートルを切るくらいまで近づいていた。これ以上近づくとリッチが矛先を変えることもあり得るので、一度ジャンさんたちに下がってもらいたいのだ。それに、ジャンさんたちの活躍とじいちゃんの範囲攻撃のおかげでゾンビの群れの数が減り、リッチの回復量が落ちてきている今なら思い切った攻勢に出ることができると考えたのだ。ジャンさんたちに下がってもらうのは、攻勢に出た時に巻き込んでしまわないようにする為でもある。

「わかった！　わしが戻るまで、無理はするんじゃないぞ！　それと、これはおまけじゃ！」

じいちゃんは少しでもリッチにダメージを与えて動きを鈍らせる為に、後ろ向きに下がりながら魔法を連射してジャンさんたちの所に向かった。じいちゃんの動きに合わせてリッチがジャンさんたちの方へ向かう可能性もあったが、じいちゃんの魔法に紛れ込ませる形で俺も強めの魔法を放って牽制したので、リッチは前進よりも後退して距離を空けることを選んだみたいだった。

◆ジャンSIDE

「少しペースを落として呼吸を整えろ！」

マーリン様が広い範囲を攻撃できる魔法を使い始めてくれたおかげで、こちらに向かってくるゾンビの群れは所々穴空き状態になっている為、最初と比べると馬で群れの中を駆け回ることも可能なくらいの密度になっていた。ただ、マーリン様がいつ範囲攻撃を止めるかわからないし、リッチの後ろからはまだまだゾンビの大軍が向かってきているようなので、余裕がある今のうちに体力を回復させた方がいいだろう。

そう思い指示を出していると、マーリン様がそれまでよりも広範囲で高威力の魔法を使った後で、こちらに向かって飛んできた。

「ジャン！　キリの良いところで全軍を数キロほど下がらせるのじゃ！」

「マーリン様！　何か起こりましたか⁉」

突然の指示に、何か想定外のことが起こったのかと思ったが、

「テンマがそろそろ仕掛けるらしい。その為、ジャンたちにはもっと後ろの方に避難してほしいとのことじゃ。それに戦いが始まった頃と比べると、お主らはかなりゾンビの群れを押しておるからのう。距離が近づいた分、いつリッチがそっちに向かうかわからんのじゃ」

「了解しました！　一度我々は後方に退避します！」

「うむ、頼んだ。お主らの活躍のおかげで、わしらも大分助かっておるからのう。まだまだ先は長いのだから、無理だけはするんじゃないぞ」

マーリン様はそう言うと、またテンマの所に戻られた。最後に俺たちのことを褒めたのは、そうすることで変に粘って功績を上げようする者が出ないようにする為だろう。ありがたい配慮ではあるが、今の俺たち……特に第一陣にはそういった焦りを持った者や抜け駆けをしようと考えている者はいないはずだ。何せ、一番大事であり目立つ所でへました者たちの集まりでもあるからな。しかも、開始数分で第二陣から交代を告げられ大恥をかいてしまった。

挽回の為に無茶をする者もいたが、そいつらのほとんどは命を落とすか戦線離脱をしている。そういった者たちを目の前で見た残りの俺たちは、今や第二・三陣の者たち以上に連携に重きを置いている部隊と化していた。

派閥を超えて協力し合うこの部隊は、まさに連合軍の理想形の一つだと言えそうではあるが、そこに至るまでに払った犠牲を考えると、俺としては素直に喜べるものではない。まあ、最初の突撃で勝手がわからなかったからとも言えるし、マーリン様の言葉もあるので後々悪いことにはならないとは思うが……汚点には違いないので、頭の痛い問題ではある。

「そんなこと考えている場合じゃなかった……おい！　俺は一度後方に下がってマーリン様の指示をクリスたちに話してくる。お前たちは合図が出るまで踏ん張っていてくれ！」

近くにいた騎士たちに指示を出してすぐにクリスの所に向かうと、クリスはマーリン様が俺と話しているところを見ていたようで、すでに第三陣の指揮官も待っていた。その場でマーリン様からの指示を二人にも伝え、すぐに第一陣に後退の合図を出した。第一陣は俺に先導される形で第三陣の後ろまでついてきた。その途中でマーリン様からの指示でさらに後ろまで下がるということを伝えはしたが、全員に指示は行き渡らず、そのまま俺が止まらなかったので驚いている様子を見せて、その場で止まってしまう者もいた。ただ、そういった者たちは後ろから来た第二陣の者たちに指示を聞かされて、遅れはしたがちゃんと合流することができた。

「この周辺にはゾンビはいないと思われるが、各自警戒を怠るな！」

先ほどの場所から数キロメートルほど離れた場所で俺たちは足を止め、急いで隊列を組み直した。今いる位置は草原のど真ん中なので、ゾンビが隠れることができそうな遮蔽物などは存在しないが、四つ腕の化け物はかなり知恵が回るようなので、もしかすると地面に潜って隠れているというのもあり得ないことではない。もっとも、知恵が回るといっても俺たちが数キロメートルも後方のこの場所まで下がることを予測できるような頭はないと思われるので、待ち伏せしている可能性はかなり低いだろうが、背後を取ろうと迂回《うかい》しようとしていたことは十分考えられるので、念には念を入れるのと同時に、騎士たちの緊張感を解かせない為の指示でもある。

騎士たちを待機させ、クリスたちと打ち合わせをしようと歩き出した時、数キロメートル先の上空で爆発が起きた。テンマがどのように攻めるのかは聞いていないが、離れていた俺たちをさらに下がらせたということはそれ相応の威力を持つ魔法を使うのだろう。

「せめて、テンマの一〇分の一でも魔法が使えれば、少しでもあの二人の負担を減らすことができたかもしれないのに……」

おそらく今後の人生において、この時ほど魔法の才能が欲しいと思うことはないだろう。

◆ハナSIDE

「義姉さん、少し早いが今日はこの辺りで休んだ方がいいと思う。ここまで来れば、王都までは半月もあれば余裕で着くだろう。ここらで一度足を止めて、後から合流する手はずになっている兄貴の部隊を待った方がいい」

「それもそうね……本日はここで野営をするわ！　周囲の部隊に伝令を出しなさい！　それと、あの人の部隊にも伝令を……」

「北の方より、何かがすごい勢いで迫ってきています！」

　ブランカの案を採用し、周囲に指示を出そうとしていた時、周辺の警戒に当たっていた兵士が慌てた様子で走ってきた。

「まだ距離があったのでその正体まではわかりませんが、黒い何かが馬以上の速度で迫ってきています。数はおそらく一」

「前方にいる部隊をその何かの正面に姿が見えるように配置し、迎撃態勢をとらせなさい！」

　黒くて馬以上の速度となると、パッと思いつくのはバイコーンだけど、黒っぽい個体の走龍という可能性もある。どちらにしろ、まともにぶつかれば万を超える軍とはいえ、完勝できるような相手ではない。姿を見せることで、向こうが警戒して進路を変えてくれればいいが、そうでなければ王都に着く前にかなりの被害が出ることも覚悟しなければならないわね。

「ブランカ！」

「わかっている！」

もし進路を変えずに突っ込んでくるようならば、一般兵に被害が出る前に私とブランカでぶつかり、少しでも被害を抑えるようにしないと。

「何かが前方の部隊を突破しました！　正体は……バイコーンのようです！」

前方の部隊はここより数百メートル先にいるはずだから、多分私の指示よりもバイコーンの方が早かったようね。

「ブランカ、行くわよ！」

「おう！　……義姉さん、ちょっと待った――！　あれはライデンだ――！」

バイコーンに向かって走り出した私に、少し反応の遅れたブランカがバイコーンの正体に気がついて叫んだ。

「えっ！　ということは、テンマが来たの⁉」

「残念！　私が来た！　……とうっ！」

一瞬、テンマが来たのかと思い驚くと、ライデンの背中にいたのは我が家《アムール》のお調子者だった。

周囲から注目されていることに気がついたのか、アムールはライデンの背中から高く跳び、空中で何回転かして……着地をミスってこけている。

「むぅ……さすがに乗りっぱなしは足腰にくる……ぬあっ！」

「この緊急事態に、ふざけた登場《まね》をしない！」

頭を軽くはたくと、アムールは大げさに痛がって頭を抱えてうずくまった。

「アムール！　早くここに来た理由を言いなさい！　さすがに理由なくライデンを借りてまで南部

子爵軍を探しに来たわけではないのでしょう！」

「義姉さん、さすがにあの一撃の後ですぐに話すのは無理だと思うぞ……」

まだ痛がるふりをしているアムールから理由を聞き出そうとすると、ブランカが呆れた顔をしながらそんなことを言いだした。軽くやったつもりだったが、どうやらそこそこの威力の一撃がいい

角度で入ったようだ。

「ふぅ～……ひどい目に遭った……あっ！　これ、陛下からの手紙。これを大公様から渡されて、お母さんの所に向かおうとしたら、テンマがライデンを貸してくれた」

アムールが差し出してきた手紙を見ると、確かに陛下の名前が書かれていた。中には……

「ブランカ、大至急軍の主だった者たちを集めなさい。南部子爵家に、陛下から直々の命が下ったわ」

「了解しました……おいっ！　すぐに各部隊の隊長と副隊長を集めろ！」

ブランカは周囲に控えていた者たちに指示を飛ばして、すぐに軍の部隊長たちを集めた。

皆が集まったところでまずはアムールがいる理由を話し、続いて陛下からの命令を伝えると、ほとんどの部隊長たちはダラーム公爵の謀反（疑惑）を知って非難と怒りの声を上げていたが、ダラーム公爵の評判を知っている者たちは、「あいつならやるだろうな」と言って納得していた。

「そこで陛下は、私たち南部子爵家に王都の東側の戦場ではなく、西側の戦場を任せたいとのことよ。もっとも、他の公爵軍が到着するまでの間とのことだから、私たちの到着の後すぐに他の公爵軍が来て、何もしないうちにお役御免で東側の戦場に移動になるかもしれないけど……もしかすると到着するのは、私たちがダラーム公爵軍を撃破した後になるかもしれないわね」

「つまり子爵は、他の公爵家よりも早く王都に到着し、ダラーム公爵軍を牽制して王家に恩を売る。もしくは公爵軍より先にダラーム公爵軍を撃破して、王家に特大の恩を売るつもりということですね」

「そうよ、ブランカ。そして、私がどちらを狙っているかは、あなたたちもわかっているわね？」

挑発気味にブランカを含めたこの場にいる全員に向けて言うと、皆は感情が爆発したかのように歓声を上げげた。

「何事⁉」

そして、ブランカの横で静かに聞いているふりをして居眠りしていたアムールは、皆の大歓声に驚いて飛び起きていた。


「まずやることは、後発の部隊への連絡ね。ブランカ、体力があり余っていて足が速いのを一〇人くらい選んで、伝令として向かわせなさい」

「義姉さん、さすがに一〇人は多くないか？」

「あの人が予定通りの進路を通ってくれれば問題はないけれど、もしかすると途中で進路を変えているかもしれないでしょ？　こっちの方が早い気がするとか言って」

「あ〜……確かにそうだな」

「他にもあいつのことだから、普通に道を間違えているのに、他の人が忠告しても耳を貸さずに間違えたまま進んでくるとか……うん、あり得る、あり得る」

「確かにそれもあり得るわね」

「というか、違う道を使っている場合、アムールの言っている方の可能性が高い気がするな……わかった。足の速い奴を二〇人ほど選んで、兄貴の部隊に向かわせよう。義姉さん、手紙を大急ぎで頼む」

さり気なく私の要望より多く人数を割くなんて、さすがブランカというところね。伊達《だて》にあの人の駄目なところを間近で見てきてはいないわ。

「急いで王都の西側に向かいたいところだけど、一度ここで野営をすると伝達した以上、今日の移動はやめた方がいいわね……誰か、地図を持ってきてちょうだい！」

「地図なら、軍部が使うものを一緒に預かってきた。大公様が言うには、これは王都周辺の最新の地図だから、今のところこれ以上の物はないだろうって」

「そういうのはもっと早く渡しなさい、全く……確かに、かなり細かく描かれているわね。しかもご丁寧に、日和見《ひよりみ》をしているという貴族の領地が赤く囲まれているわ」

つまり、これらの貴族に脅しをかけながら王都に来いということね。今は日和見をしている貴族も、王都に新しく一万を超える南部軍が入るとなるだけで考えを変えるかもしれないし、たとえ動きが鈍くても領地を通る南部軍を見れば、様子見なんて考える余裕はなくなるかもしれないわね。

「王都周辺の日和見貴族の中で厄介そうなのは……伯爵家が一つあるだけね。ん？　何か書いてあるわね……『伯爵家の情報は別の手紙を参照するように』？」

「あっ！　そういえば、あと二通手紙を預かってた！」

「だから、そういったものは最初に出しなさい！」

アムールに拳骨を食らわしてから手紙を受け取ると、一つは私宛だったが、もう一つは知らない名前が書かれていた。まずは私宛の手紙を開くと、そこには伯爵家の内情が書かれていた。どうやら伯爵家が日和見をしている原因は当主が優柔不断な性格だかららしく、伯爵家の嫡男の方が頼りになるので、もう一つの手紙（知らない名前はその嫡男のものとのことだった）を秘密裏に嫡男へ届けろとのことだ。多分、陛下は嫡男に王命を出して伯爵家を継がせ、軍を率いて王都に来いという命令を出すつもりなのだろう。

「ということは、私たちは脅しをかけた後で、その嫡男を旗頭とした軍を王都に向かわせればいいわけね……アムール、今すぐその伯爵領に向かい、そこの嫡男と接触してきなさい」

「うえっ⁉ 何で！ 私来たばかり！ お腹もすいた！ 休みたい！」

「黙りなさい！ これは子爵家当主としての命令よ！ いくら王命があるとはいえ、嫡男が伯爵家を掌握するのに時間がかかるかもしれないから、少しでも急がないといけないわ。現状で、我が軍で一番速く伯爵領に着くことができるのは、ライデンに乗ったあなたよ！ ライデンの気性を考えたら、テンマから直接借りているあなたしか乗れないはず。なら、あなたが行くしかないでしょう。それに、腐ってもあなたは子爵家の令嬢なのだから、無下にされることはないはずよ！ わかったらさっさと行きなさい！」

アムールに嫡男宛の手紙を渡して背中を押すと、ぶつくさと文句を言いながらもちゃんとライデンの所に向かっていった。だが、そんなアムールの背中を見ていると、何故かすごく嫌な予感がしたので地図を持って追いかけた。そして、

「ライデン、悪いんだけど、アムールをこの場所に連れていってちょうだい。アムールじゃ、絶対に道を覚えられないと思うから」

そう言ってライデンの前に地図を広げて掲げながら頼み込むと、ライデンはじっと地図を見つめ始めた。そんなライデンの背中では、アムールが抗議の声を上げていたが……「本当に道を覚えられるの？」と言いながら睨むと、黙って視線を逸らしていた。

「アムール、あなたは伯爵家の家名と嫡男の名前だけを憶《おぼ》えて……紙に書くから、なくさないようにしなさい。最悪でも、家名だけわかれば辿《たど》り着くことは可能だからね。あくまでも秘密裏に接触しないといけないから、最悪こっそりと忍び込んで伯爵の嫡男を探しなさい」

ライデンの知能がどれくらいのものかはわからないが、バイコーンの知能に近いものを持ち、人の言葉をある程度理解しているのならアムールの助けなど必要ないかもしれないが、もしも大体の方角を覚えることができるだけならば、人の言葉を話せるアムールが必要になるだろう。

そんなことを考えていると、ライデンが地図から目を離したので、急いで持っていた紙（手紙の封筒）に伯爵家の家名と嫡男の名前を書いて渡し、嫡男宛の手紙と合わせて絶対になくさないように念を押して送り出した。

「やっぱりライデンは速いわね。もう米粒みたいに小さくなったわ」

あの様子だったら、遅くても明日中に伯爵家の嫡男に手紙が渡るでしょう。陛下の言う通りの人物ならば、伯爵家は味方になると見て間違いはないわね。そうなると問題は周辺の日和見貴族のみ……

「味方になる予定の伯爵を訪ねるのなら、手土産は必要よね……ちょっと手荒になるかもしれないけれど、とびっきりのお土産を用意しようかしらね？　ふふっ……」

「義姉さん、伝令の準備ができたぞ。手紙の方は……って！　義姉さん、何を企んでいるんだ⁉」

伯爵への手土産（予定）について考えていると、伝令の準備を終えたブランカが戻ってきた。そして、私を見て失礼なことを叫んでいた。もっとも、そんなブランカは私から伯爵家への手土産についての話を聞くと、とてもじゃないけれどヨシツネには見せられないような凶暴かつ凶悪な顔をしていたので、私のことをとやかく言う資格はないと思う。

「手紙は今書くから少し待たせていて。あの人のことだから、目的地の変更とアムールがこの軍に加わっていることだけを書けば、後の説明は必要ないはずだから」

「まあ、確かにそうだな……」

ブランカも納得したところで、私は大急ぎで手紙を書き上げた。二行しかない手紙なので、二〇枚書いても大した手間ではない。

「それじゃあ、これお願いね。ここから後発隊がいると思われる付近までは比較的安全とはいえ、ゾンビのせいで急に状況が変わることも考えられるからね。最悪、後発隊と合流できなかったとしても、最終的には王都でかち合うことになるのだから、『命を懸けてまで届けなければ！』なんてことは考えないように。合流できなかった場合、ロボ名誉子爵のせいで予定の進路を通っていない可能性があるから、あなたたちに責任をとらせるなんてことは考えていないわ」

責任を問わないのは、あくまでもちゃんと仕事をした場合のことであり、さぼったり逃げたりすれば問答無用でバッサリとヤるつもりではある。まあ、ブランカが直々に選んだ者たちならば、言われなくても私の考えていることは理解しているでしょう。

「では、行きなさい！」

二〇人の伝令は、少し青い顔をしながら私たちが来た道をすごい速度で走っていった。さすがに

ライデンとは比べものにはならないけれど、速度だけならば私やブランカにも匹敵するでしょうね
……張り切りすぎての暴走による速さでなければいいのだけども。

こうして後発隊に伝令を向かわせた次の日の朝早くから私たちは行軍を開始し、道中にある日和見貴族の領地を襲撃していった……まあ、襲撃といっても戦闘行為は行わず、先ぶれも出さずに領地内へ進軍し、文句を言いに来た貴族（もしくは関係者）に陛下からの手紙（内容は見せずに名前と印の入った封筒だけ）を見せ、何故王都に援軍を送らないのかを問い質《ただ》し、万を超える軍勢の圧力で王都への派兵を確約させたのだ。ちなみに、引き連れていくことはできないので、迎えが来るまでに準備を終えて待機しておくように言い聞かせた。

そういった襲撃を三日繰り返しながら進むと、伯爵領に入るまでに一〇の男爵家と子爵家を従わせることに成功した。多分、陛下の命があったとはいえ、三日で一〇の貴族を無傷で従わせたのは異例の成果かもしれない。少なくともここ数十年は大規模な戦争が起こっていないので、例を探そうとしたらそれ以上に遡らないといけないだろう。

そんな誇らしい気持ちで伯爵領を通っていると、数キロメートル前方に数千の軍隊が待ち構えているという知らせが入ってきた。まあ、その軍隊の先頭集団にライデンに跨《また》がったアムールが偉そうにしているという報告もあるので、味方であると判断して間違いないだろう。最悪、伯爵軍が南部軍を騙《だま》し討ちにするつもりであったとしても、数で優っているのでどうにかなる。

「ブランカ、念の為あなたは残っていなさい」

「……了解しました」

ブランカは少し不満げではあるが、素直に命令に従った。多分、様子見を兼ねて顔合わせをする

のなら、まずは私ではなく自分が行くべきだと思ったのかもしれないが、同時に形式上は格下である子爵家が格上である伯爵家への挨拶に当主ではなく代理を送るのは失礼に当たるので、後々こじれるのは間違いないだろうとも思ったのだろう。

当然ながら私にもそういった心配がないわけではないが、あの集団にテンマやマーリン様級の戦闘能力を持つ者がいなければ、よほど想定外の不意打ちを受けない限りは逃げ切ることができるという自信もあるのだ。たとえ不意打ちを受けたとしても、そう時間も経たないうちに、ブランカが助けに来てくれると信頼もしているしね。

そして、警戒しながら新たな伯爵に挨拶する為に近寄ると、こちらが挨拶する前に感謝された。私はてっきり先代の伯爵を追い落とすことに協力したからかと思ったが……どうやらアムールを使者として送ってくれたことに関しての感謝のようだ。

実は先代の伯爵は、自身の優柔不断な性格のせいで王都に援軍を送るタイミングを失ってしまったことで、今更援軍を送っても遅れたことを理由に伯爵軍が厳しい戦場で矢面に立たされるのではないかと悩んでいたそうだ。

そこにアムールが嫡男に南部子爵家からの使者としてライデンに乗ってきたことで、どうにかできるのではないかと先代の伯爵は考えたらしい。

先代の伯爵が恐れていたことは、伯爵家そのものが即座に取り潰しにされるか、もしくは厳しい戦場で矢面に立たされて使い潰されることだったらしいが、アムールが持ってきた陛下の手紙には、伯爵の位を嫡男に譲り、王都に援軍を向かわせろというものだけで、伯爵家への罰は書かれていなかったそうだ。なので先代の伯爵は、伯爵の位を嫡男に譲ることが伯爵家への罰というように解釈し、すぐに嫡男を伯爵にして援軍を送る準備をさせたらしい。

つまり、陛下の命令を自分のいいように解釈したわけだが、実際に手紙に書かれている罰らしいものはそれしかないのでその通りに従っておけば、全てが終わった後で改めて伯爵家に罰を与えるようなことにはならないだろうと考えたそうだ。それと、わざわざ南部子爵家に手紙を預けた上に、オオトリ家の関係者（ライデンに乗っていたのでそう判断されるらしい）にその手紙を届けさせたので、南部子爵家とオオトリ家を巻き込んでまで伯爵家を騙し討ちするような真似はしないだろうとも思ったらしい。

なので、誰一人傷つくことなく爵位の譲渡が終わったことを目の前の新しい伯爵は喜び、私に感謝したそうだ。それに、一歩間違えれば王家に敵対しているのではないかというところから一転して、伯爵家は自前の軍と南部子爵家が従わせた周辺の貴族の軍を引き連れて王都に向かえるのだ。よほどの失敗をしなければ、それなり以上の恩賞を得る可能性も出てきている。

私としても、伯爵の活躍は歓迎するべきことだ。何せ、今回の戦争で伯爵が活躍すればするほど私の評価が上がるからだ。別に爵位が上がる可能性を喜んでいるわけではなく、私の評価が上がるということは、同時に南部の評価も上がるということだ。最近では正式に子爵位を受けたことで南部の利権を奪おうとする貴族も出始めているので、王家に恩を売ると同時に、王国全体に南部の力を見せつけることが今回の目的の一つでもある。

伯爵と簡単な打ち合わせをして領内の移動の許可を取った後で、南部子爵軍と伯爵軍は別々の方向へ動き出した。王都を目指すのなら途中まで道は同じなのだが、伯爵には周辺の貴族を回収するという仕事がある。まあ、私としては伯爵がいない方がやりやすいので、領内の通行許可だけあればそれでいい。

伯爵と会ってから一〇日目。私たちは王都への道を順調に進み、あと一日二日で王都に到着するのではないかというところまでやってきた。順調すぎて何かあるのでは？　と、心配になるくらい順調ね。

そんなことを思っていると、先頭の様子を見に行っていたブランカが戻ってきた。

「義姉さん、今日はもう少し先まで進んだ方がいいと思うが、一度この辺りで小休止して隊列を組み直そう。ここから先は王都に近い分、敵がいつ現れてもおかしくない」

「確かにそうね。いつ戦闘になるのかわからない以上、隊列を組み直して気を引き締めないと、勝てる戦いも勝てなくなるかもしれないわね」

ブランカは私の顔を見るなり、そう提案してきた。その言葉で、私は気が緩んでいたことに気がついたのだった。

南部からここまでの移動の間は特に戦いらしいものはなく、日和見の貴族を相手にした時も、南部子爵軍をちらつかせながら睨みを利かせるだけで思い通りになったのだ。気を引き締めていると思っていた私ですら、ブランカに言われるまで慢心していたことに気がつかなかったのだから、軍の中には私以上に慢心して油断している兵がいることでしょう……というか、よく見ればライデンに乗ったまま居眠りをしているのがすぐそばにいた。ここまでわかりやすく油断するのも珍しいけれど、それに気がつかないということは、私も自分で思っていた以上に油断していたということね。

「……そい！」

「うぬっ！　お〜ち〜……セ〜フ……お母さん、危ない！　ふざけない！」

ブランカが来たことにも気がつかずに、ライデンに乗ったまま居眠りを続けていたアムールのわき腹を槍の石突で軽く突くと、アムールは驚いた拍子にバランスを崩してライデンの背から落ちそうになっていた……が、何とかギリギリのところでライデンの首にしがみつき落下を免れた。しかし犯人が私だと気がつくと、自分の居眠りは棚に上げて非難してきた。

「いや、今のはアムールが悪いだろう。仮にも南部子爵軍の中でも責任者に近い位置にいる人物が居眠りをしているんだ。注意されても仕方がない」

皆の前で正面から注意されるのはさすがに恥ずかしいだろうという親心だったのに、アムールはそれに気がつくことはなかったようだ。アムールが大げさに落ちかけた上に、大きな声で私を非難したものだから、周囲にいた者たちは皆アムールに注目し、察しのいい者はアムールが原因だということに気がついたことでしょう。

「ブランカの言う通りよ。そもそもあなたが居眠りしなければよかったのに、それを棚に上げて私に文句を言うのはお門違いだわ」

そうアムールを叱ると、さすがに自分でも分が悪いと思っていたのか反論はせずに静かにしていた。

「アムール、眠気覚ましにここから後ろにいる部隊長たちに小休止をすると伝えてきなさい。ブランカは前の方をお願いね」

今私たちがいるのは軍全体の三分の一より少し前くらいの所なので、後ろを担当させるアムールの方が走り回ることになるが、実際に走るのはライデンなので特に疲れることはないでしょう。

「むう……仕方がない。ライデン、ゴー！　……ライデン？」

アムールの指示をライデンは全く聞かず、何故か辺りを見回し始めた。そして、急に反転して後ろを向いたかと思うと、空を睨んで吠えた。これまでに走龍が吠えているところを何度か見たことがあるけど、走龍に匹敵するかそれ以上の迫力だ。

「一体何が……義姉さん！　上から何か来るぞ！」

ライデンの行動に気を取られていた私とは違い、ブランカはライデンの視線の先に注目したようだ。

その声に反応して上を見ると……上空から何か大きなものが軍の中心部目がけて落ちてきているところだった。

「全員、警戒態勢を取り……うっ！」

すぐさま周辺の兵たちにだけでも指示を出そうとしたが、その前に空から落ちてきていた大きなものが地面に激突し、その衝撃波と巻き起こった砂煙で私は馬の背中から飛ばされてしまった。幸いなことに、衝撃波のおかげで体が浮いていたので倒れる馬に巻き込まれることはなかったが、起き上がって砂煙が晴れた時、周辺にいた兵たちの半分近くは地面に叩きつけられていて、そのまた半分は馬や荷物に押し潰されていた。

「義姉さん、最悪なのが現れやがった！　すぐに態勢を整えないと、全滅させられるぞ！」

ブランカの焦りに焦った声で落ちてきたものへと目を向けると……そこにいたのは赤みを帯びた体の、巨大な『龍』だった。

第七幕

「少しは余裕が出てきたかな？」

リッチの近くにいたゾンビを大分倒したおかげで、じいちゃんの援護がない状況でも互角以上に戦うことができていた。この状況でじいちゃんが戻ってくれば、大技を使わなくてもリッチに勝てる可能性も出てきそうだが……長期的に見ればまだまだゾンビの数は多いので、こちらの体力のことを考えれば大技はなるべく早い段階で仕掛けた方が勝算は高いかもしれない。

「テンマ！　ジャンたちに知らせてきたぞ！　キリのいいところで後退するように指示を出しておるから、そろそろ動きがあるはずじゃ！」

いいタイミングで戻ってきたじいちゃんは、ジャンさんのことを手短に話してリッチの牽制に回った。一人でも余裕が出てきたと思っていたが、二人になると余裕だけでなく安心感と安定感が増した気がする。

じいちゃんがリッチを牽制し、俺が強い一撃をお見舞いする。これを基本として、たまに近づいてきたゾンビを巻き込むような攻撃も行うことで、リッチの回復量を制御しつつ確実にダメージを与える。この繰り返しによりリッチの隙は多くなり、隙が多くなるにつれて徐々に弱体化も進んでいった。

リッチも、自身の今の状況は明らかに不利だと感じているのだろう。時おり後方にいるゾンビの群れの場所を気にする素振りを見せ始めていた。

「じいちゃん、俺が次にリッチに飛びかかったら、すぐにジャンさんたちの所まで下がって。それまではこれまで通り牽制をお願い」

「次で決めるつもりじゃな。了解じゃ！」

これまで通りと言ったのだがじいちゃんは終わりが近いと思ったせいなのか、それまでの牽制よりも威力が増した魔法を放ち始めた。

これまでの行動を阻害することに重点を置いた魔法とは違い、今のリッチにとって威力が増した魔法の一発一発は軽視できるようなダメージではないらしく、一つ一つをしっかりとかわすか防御するかしてしのいでいた。

その隙に俺はとどめを刺す為の準備を行い、タイミングを計り……じいちゃんの魔法に紛れながらリッチの懐に潜り込んだ。

「テンマ！　あとは頼んだぞい！」

リッチの懐に潜り込む直前で、じいちゃんは魔法を止めてジャンさんたちのいる方へと下がっていった。じいちゃんは俺がリッチの懐に潜り込むまで魔法を撃ち続けていたので、魔法を止めるまでに数発掠ってしまったが直撃はないので大したダメージは受けていない。そんな俺に対し、リッチの方は俺の接近に気がついた時にじいちゃんの魔法から気を逸らしてしまったようで、俺が潜り込む直前に一発だけだったが直撃を食らっていた。そのおかげで俺はいい形で懐に潜り込めたし、魔法を放つ前の下準備を成功させることができた。

「さすがのお前《リッチ》でも、シロウマルの毛でできた縄を引き千切ることは難しいだろ？」

リッチに魔法を当てる為の下準備として、俺はシロウマルの毛でできた縄の予備を数本繋げたものでリッチを縛り、簡単に逃走できないようにしたのだ。

「『テンペスト』！」

リッチを逃がさないようにコントロールしつつ、俺は自分が一番自信を持っている魔法を放った。『大老の森』では、目の前のリッチよりも劣る個体を倒せなかった魔法ではあるが、あの時はジャンヌがそばにいたので威力をあまり上げられなかったし、この戦闘が始まった直後のリッチは明らかに『大老の森』のリッチよりも格上だと言える存在ではあったが、弱体化している今なら少し上くらいの強さだろう。

「『テンペストF2』……『F3』！」

俺は『テンペスト』を発動させると、すぐに威力を上げた。『テンペスト』の内部にいるのは俺とリッチだけなので、もし仮にリッチがシロウマルの縄を切ったとしても、俺を倒すか上空の威力が弱まっているところまで飛び上がって『テンペスト』の外へと出るかしか逃げる方法はないが、そんな隙を与えるほど俺は馬鹿ではない。

「『テンペストF4』！」

さらに続けて威力を上げると、中心部付近にいる俺ですらふらつくほどの強風が『テンペスト』の内部に吹き荒れだした。中心に近い俺ですらふらつくほどだから、数メートルとはいえ外側にいるリッチは強風に煽られて、まるで凧《たこ》のように風に翻弄されている。それに、ねじれに加えて時々刃のように鋭い風が吹いているようで、シロウマルの縄が毛羽立ち始めていた。今はまだ大丈夫だが、このままだといずれ縄が切れてしまうだろう。

しかし、それくらいは想定内だ。むしろ、リッチに引き千切られる可能性の方が高いと思っていたので、それに比べるとかなり余裕のある状況とも言える。

「『ガーディアン・ギガント』！」

前に『テンペスト』をリッチに食らわせた時は、リッチが軽かったせいかドラゴンゾンビの時のようにバラバラにすることができなかった。なので、

「削れろっ！」

ギガントでリッチを外周部に向かって押し込んだ。巨大で頑丈な腕型ゴーレムならではの荒業だ。もしこれを生身で行ったならば、リッチの前に俺の体がもたないだろう。

とはいえ、リッチにダメージを与えることができる所まで前進すると、絶え間なく刃物で切りつけられているような音が、リッチとギガントから聞こえてくる。一応、ギガントの片腕を盾代わりにして暴風から身を守り、さらには魔法で風を体の周りに発生させて身を守ろうとしているのだが、『テンペスト』内部に吹き荒れている暴風の方が強い為、俺の体にも至る所に小さな切り傷ができていた。

そしてリッチも、俺と同じように魔法で暴風から身を守っているようだ。ただ、生身の俺とは違い、骨だけのリッチは血が噴き出ることはないので、ひびが入るなどしない限りはどれほどのダメージを与えているのかがわからない。

「まだ……もう少し……」

少しずつリッチを押し込んでいくがその際の反発が思った以上に強くて、一メートル押し込むだけでもかなりの体力を必要とした。

「ふぅ～……ふっ！」

体力の消耗も激しい上に、シロウマルの縄もいつ切れてもおかしくない状態なので、このままではリッチを倒すどころか作戦が失敗してしまうかもしれない。

そこで、覚悟を決めて全力で押し込むことにした。それまで身を守る為の盾代わりにしていたもう片方の腕でもリッチを掴み、暴風への抵抗を少なくした上で全力の『飛空魔法』を使用する。

そのおかげで一気に数メートル前進したが、その代わり俺の体につく切り傷の数も増え、噴き出した血が宙を舞っていた。宙を舞った血の量には少し驚いたが、四肢の欠損とか目が潰れたとかいう大怪我ではなく、終わった後でも十分治療が間に合う程度のものだ。

「ここ……が……押し込める……限界……か……」

覚悟を決めてから数秒ほどで、これ以上は進めないというところまでリッチを押し込むことができた。しかしその数秒で俺の体力はかなり消耗し、血も危ないのではないかと思うくらい体から抜けている気がする。

リッチもかなりのダメージを受けているみたいだが、まだ消滅するまでには至っていない。そして、ついにシロウマルの毛でできた縄が切れた。ここまでよく持った方だろうが、それによりリッチの両腕が解放されてしまった。

これまで腕は使えず魔法は自身を守る為に使用している状態だったので、縄で縛られてから今まで受け身でいるしかなかったリッチの顔が、俺には何故か笑っているように見えた。

「『テンペストF5』！」

まあ、俺もあと一手残していたわけだけど。

『テンペスト』の威力を最大まで上げたことで、それまで押し込んでいた位置から俺とリッチは、猛烈な勢いで内側へと押され始めた。それに負けないようにリッチを押し出しながら全力で前進しようとすると、ものすごい力で押されはするものの後退する速度はゆっくりとなり、その分だけリッチにかかるダメージが増えた。そして、そのダメージはギガントにも同じようにかかっている。

「右手の指が壊れ始めたか……もう少し持ってくれよ！」

暴風が一番強く当たる右腕のうち、一番複雑にできているせいで一番強度の低い手の部分が、威力を上げた『テンペスト』によってひびが入り始め、ついに指が一本砕け散ってしまった。そしてそれを皮切りに、砕けた指の所を中心にして右手が完全に壊れてしまう。しかし、それでも俺は残っている左手でリッチを固定して、手のなくなった右腕も使って押し込み続けた。

そうしているうちに、今度は右の肘関節と左の手首も動きが怪しくなってきた。まだ関節以外では動きに支障をきたすような破損は見られないが、関節部分が壊れればギガントは使いものにならなくなるだろう。だが、ギガントの不具合が増えると同時に、リッチの体にも異変が起きていた。

まず、ギガントの右手が壊れるよりも先に、リッチの左腕が粉々に砕け散った。そしてその次は左脚が股関節部分から壊れ、右脚も膝下からなくなっている。残っているのは頭部と胴体と左腕だ。

それでもリッチはギガントの拘束から逃れようと、自分を掴んでいる右手の手首を何度も殴打していたが……何度目かの殴打の際に腕を振り上げた瞬間、自分の腕の方がギガントの硬さと暴風に耐え切れず砕けてしまった。

そんな両手両足をなくしたリッチにとどめを刺すべく、さらに押し込む力を加えると……リッチは自身の防御に使っていた魔法を中断し、俺目がけて魔法を放ってきた。

リッチが弱体化しているとはいえ、至近距離で魔法を食らったらひとたまりもなく、一発で形勢逆転もあり得る攻撃……だったが、それはリッチにとって悪手でしかなかった。

何故なら、魔法で防御している状態でも暴風によって身（骨）を削られているのに、そこから防御を捨てたのだ。今の状況に焦りすぎて、俺に魔法を当てる前に自分自身がどうなるのか頭から抜けてしまったのだろう。

「これで……終わりだ！」

俺は放たれた魔法をギガントの右腕で防ぎ、魔法の守りを失ったリッチに魔法を防いだばかりの右腕で殴りつけた。

リッチは殴りつけられた衝撃で、押さえつけられていた場所からさらに数十センチメートル外側に押し込まれ……全身がバラバラに砕けて『テンペスト』に巻き上げられていった。バラバラになった際、魔核と思われる光沢のある塊も一緒に砕けて砂粒のように細かくなっていくのが見えたので、もう復活することはできないだろう。

「終わった……」

まだ戦争は終わってはいないが、俺の出番に区切りはつくだろうと巻き上げられたリッチの残骸を見送り、『テンペスト』を解除した。

そして、じいちゃんたちにリッチの報告をする為、人が集まっている所を探そうと周囲を見回した時……

「ごふっ……」

背中から腹部に抜けるような、熱く激しい痛みに襲われた。

一瞬、何が起こったのか全く理解できなかったが、すぐに俺の腹から黒い棒のようなものが生えているのに気がついた。この黒い棒のようなものに刃がついていていたら、次の瞬間に俺の体は真っ二つになっていてもおかしくなかったが、幸いと言っていいのかこの棒は刺突用の武器らしく、先が尖《とが》っているだけで俺の体を両断することはできないようだ。

「ぐっ……ぬあっ！」

俺は腹から出ている棒の先端を掴み、押し出すと同時に後ろにいる何者かを蹴飛ばしてその場から抜け出した。

腹に回復魔法をかけながら、俺を突き殺そうとした奴の正体を確かめようと振り向くと……

「まじかよ……」

そこには、黒いフードを身にまとった女が浮かんでいた。ただし、先ほど倒したリッチに似た雰囲気を持ちながらも、明らかにリッチよりも格上だとわかる気配を持っている化け物だった。

「こんなリッチ以上の化け物が控えていたなんて、どういう悪夢だよ……」

愚痴りながら女から距離を取ろうとすると、意外なことに女は妨害などしようとはせずにただ空を見上げているだけだったので、俺はその場から簡単に移動することができた。ただ、逃がしてはくれそうになく、五〇メートルくらい離れたところで俺に視線を向けて嗤った。

その顔は何ともおぞましく、先ほどから冷や汗が止まらない。女の醸し出す不気味さは、ドラゴンゾンビの時以上かもしれない。

「あいつ、俺の血を舐めている……」

女は嗤ったまま、俺の腹を貫いた際に手に付いた血を舐め始めた。それも、どこか恍惚《こうこつ》とした表情で……そしてその顔がより一層、女の不気味さを引き立てている。

見た目はプリメラやクリスさんの年齢に近い女性という感じだが、気配は明らかに人間のものではない。だからといって、リッチやゾンビのように腐っていたり骨が見えていたりということはない。しかも『鑑定』が効かないので見た目以外のことは何もわからず、正体不明の化け物としか言いようがない。

「じいちゃんが異変に気がついたとして、助太刀に来るまで数分はかかるかな？」

飛んでくるだけなら一分ちょっとあれば来られるだろうけど、『テンペスト』によって巻き上げられた砂などのせいで視界が悪くなっているので、あの化け物と俺が対峙《たいじ》していることにまだ気がついていない可能性がある。もしそうならば、もう少し視界が良くならないと助けは望めないだろう。

こちらからじいちゃんに気がついてもらえるように、魔法をバンバン使って戦うというやり方もあるが、その前のリッチとの戦いで残りの体力と魔力が少々心もとないし、貫かれた腹の傷の治療も続けなければならない。まずは、少しでも身動きが良くなり魔力を抑える為に、ギガントをマジックバッグに戻すことにした。

傷と魔力に関してはそれぞれの薬である程度は回復可能だろうが、俺の魔力を回復させる為にはどれくらいの薬を飲めばいいのかという話だし、傷に関しては内臓に大きな傷は付いていないみたいだが、普通は腹に穴を空けられたらしばらく安静にしなければならないくらいなのだ。そんな傷を回復させるにはまだ時間がかかるし、リッチ（ゾンビ）の仲間だとしたらばい菌などの心配もあるので、念入りに治療しなければならない。

「片手間での治療だと、痛みが全然引かないな……この状態で戦うのは、かなり厳しいな」

数分稼げばじいちゃんが駆けつけてくるだろうが、その数分は俺の中で最も長い数分になるかもしれない。正直、ドラゴンゾンビを相手にした時の方がまだ余裕があった気がする。

「このまま睨み合いで時間が過ぎればいいんだけど……そこまで甘くないよな！」

距離があるうちにある程度傷の治療をしたいところだったが、傷が半分も塞がっていないというのに、突然女が距離を詰めてきた。

いつの間にか背後を取られたくらいだから、目にもとまらぬ速さで移動できるのかと思っていたのだがそういうわけではなく、俺やじいちゃんが飛ぶ時とあまり変わらないくらいの速度だった。そのくらいの速度なら対応は難しくはないのだが……今の俺の状態だと、少し動くだけで傷が痛むので、どうしても普段通りの動きができないし、さらには体力的な問題もあって全力で回避することも難しい。

「それでも、防御するだけなら何とか……くそっ！」

逃走も回避も難しいが、待ち構えて防御するだけなら何とかできそうだと思ったのだが、女の持つ武器のせいでそれは甘い考えだと思い知らされた。

「あの槍、伸縮自在なのか！」

女の持つ武器とは俺の腹を貫いたもので、棒のように見えたが実際は棘《とげ》のように先が尖っている槍のようだ。しかし、先が尖っているだけで刃はついていないので、先端にさえ気をつければ大した脅威ではないと考えていた。だが、防御する為にタイミングを見計らっていたところ、小烏丸で受ける寸前に長さが変わったのだ。

突きを放つ体勢から急に槍が伸びたので反応が遅れてしまい、何とか紙一重のところでかわしはしたが無理に体をひねったせいで傷口が開いてしまった。

「やば……今ので塞がりかけていたところが完全に開いた……」

しかも、ただ傷が開いただけではなくさらに広がったようで、貫かれた時よりも血が多く出ている。今すぐにどうなるというわけではないが、血の量からしてあまり長くは動けないだろう。

「まだ残っているな……不完全だけど、やるしかない」

このまま時間を稼ごうにも、じいちゃんの助けが来るよりも先に俺の体力の方が尽きそうだと判断したので、一か八か勝負を仕掛けることにした。もしこれで倒せなかったとしても、当てさえすればじいちゃんが来るまでの時間を稼げるだろう。当てさえすればだが。

「一番の問題は、残り少ない魔法を確実に当てることか……」

動きを止めることができれば何とか命中させられるだろうが、その為の時間も魔力も体力もない。

（少しでも体力と魔力の消耗を抑えないと……）

空を飛ぶのにも魔力を消費するので、上空から襲われる危険はあるが薬を使う為にも一度地上に降りようと高度を下げると、何故か女も高度を下げてきた。そして俺から数十メートル離れた所に降りると、こちらをじっと見ていた。

（何故かはわからないけど、今がチャンスか……）

女から視線を逸らさずに傷薬と回復薬を手早く使用し、

「『エアカッター』！」

薬で回復した分の魔力を全て使い、横に薙《な》ぐような形で『エアカッター』を数発放った。無論、これで倒すことができるとは思っていないし、放った瞬間に女は回避の為に上空に飛び上がってい

た。そこに、

「くらえ！　『タケミカヅチ』！」

リッチを『テンペスト』で倒すことができなかった時の為に準備していたもう一つの切り札を使った。

「何とか当たったか……威力が落ちていても、あれを食らえば無事で済まないだろう……」

準備してから放つまで時間がかかったせいで、上空に巻き上げたうちの半分近い魔力が散ってしまい威力はかなり落ちているが、それが原因で雷の落ちる速度がかわせるほど遅くなるわけもなく、神の名を冠する雷は女を撃ち貫いた……が、

「えっ！」

砂ぼこりで視界が遮られる中、その場から離れようとした俺の胸に黒い棘が突き刺さった。その棘は俺を貫くわけでもなく、左胸に二～三センチメートルほど刺さっただけだ。そして俺はその棘を見て、それが何なのか？　何故突き刺さったのか？　を考えるよりも先に、反射的に棘を摑んで抜こうとした……が、

「ぐがっ！」

棘を摑んだ瞬間、全身に衝撃が走った。その衝撃のせいで視点が定まらない。

やがて徐々に土煙が晴れると、『タケミカヅチ』の落ちた中心地には、俺に刺さっている棘の端を右手で握っている女がいた。女の左腕は二の腕の半ば辺りからなくなっていて、そのなくなった左腕の少し下には、もう一本の黒い棘が地面まで伸びて刺さっていた。

意識を失いそうになりながらも、何とか棘を抜いて逃げ出そうとする俺を見た女は、嗤いながら

近づいてきて片手で俺の首を持ち上げた。そして女はそのまま俺ごと上空へと浮かび上がり……

「あはっ！」

とても嬉しそうに嗤った。そしてその嗤い声の直後、俺の意識は途切れたのだった。

◆マーリンSIDE

「むぅ……かなりの規模の『テンペスト』じゃな。大分離れておるというのに、ここまで強い風が来ておるのう。ジャン、何が飛んでくるかわからぬから、皆に気をつけさせた方がよいぞ」

「はっ！　おいっ！　皆に飛来物に注意することと、風や音に怯《おび》える馬がいる場合、軍の後方に下げるように通達しろ！」

「了解しました！」

鍛えられている軍馬が風や音に怯えるとは思えぬが、もしもこれまでの戦闘で気が高ぶったままでおれば、ちょっとしたはずみで暴れだすじゃろう。

「さすがにこういった連携はお手の物じゃな」

「これ以上は醜態をさらすことはできませんし、この戦いでこれ以上役に立つことも難しいかもしれませんから、こういったことは確実にしておかなければなりません」

「そう謙遜するものではないぞ。それに、テンマがこのままリッチを倒しても、まだ多くのゾンビが残っておるのじゃ。活躍の場はまだまだあるぞい」

ジャンは、最初の突撃で大きなミスをしてしまったことをまだ引きずっておるようじゃな。聞いた話では隊長であるジャンに責任がないとは言えぬが、クリスに言わせればあれは一部の騎士たちの暴走であるとのことじゃし、そのミスはクリスがフォローしておるし、ミスはその後のジャンの活躍で挽回したと見ていいじゃろう。注意くらいはされるじゃろうが、全体的に見れば大した問題にはならぬ……というよりはできぬはずじゃ。

さすがに一部の暴走における全ての責任をジャンだけに負わせるのは難しく、かといってその原因の騎士の大半はすでに戦死しておるようじゃし、生き残っている者を探して罰すると、今度はその者の主やそれに近しい者が派閥変えをしてしまう恐れもある。まあ、改革派の騎士ならば大した問題にはならぬじゃろうが、この援軍に参加しておるということは王族派寄りの改革派じゃろうし、王族派や中立派ならば敵が増えるだけじゃ。ならばここは、特殊な状況で起こってしまった想定外の事故とし、その後の個々及び全体の活躍により挽回したとして、罰ではなく逆に報酬を与えた方がアレックスとしても後の問題が少なくて済むじゃろう。

犠牲になった騎士にしても、最低限の名誉を守ってやれば、本人とその上役たちの面子も守られるじゃろうしな。

「それにしても、リッチはかなり粘っているようじゃな」

「でもマーリン様、テンマ君が言うには『テンペスト』は範囲攻撃の魔法とのことですから、リッチ一体を相手にするには効率が悪いのではないですか？」

「しかしクリス、オオトリ殿は過去にドラゴンゾンビや『大老の森』に出たというリッチにも『テンペスト』を使っているぞ。まあ、『大老の森』の方はその後で違う魔法でとどめを刺したということらしいが……」

クリスの質問にジャンは最初こそ反論したが、途中から自分の言葉に自信がなくなってしまったようじゃ。

「確かにクリスの言う通り、『テンペスト』を少数の敵相手に使うのは、魔力的にという意味で効率は悪いじゃろう。しかしジャンの言うことにも一理あり、単体相手でもドラゴンゾンビのような巨体で防御力の低い相手には有効じゃ。『大老の森』のリッチに関しては、例外じゃな。あれはテンマ曰《いわ》く、『タケミカヅチ』へと繋げる為の布石とのことじゃし」

「ということは、今回も『タケミカヅチ』でとどめを刺すということですね！」

クリスは、合点がいったというような声を出していたが、

「確かにテンマは『タケミカヅチ』の準備もしておるじゃろうが、今回は『テンペスト』で終わらせると思うのう」

「それは何故ですか？」

今度はジャンが、興味があるという感じで訊いてきた。

「わしもテンマに聞いただけじゃが、『テンペスト』の威力からもわかる通り、内部から風の壁を突き破って逃げようとすれば、単純にテンペストを打ち破るくらいの威力がないと無理とのことじゃ。それほどの威力の攻撃方法があるのなら、打ち破るよりもテンマに向けた方が確実じゃ。それと、一応上の方に逃げ道はあるそうじゃが……そこに行くまでには、真下からの攻撃に無防備になるとのことじゃ。まあ、逆さになって攻撃に備えるということもできるじゃろうが、『テンペスト』はある程度テンマの意思で動かせるそうじゃから、普通に逃げるのと大して危険度は変わらんらしい」

「つまり、オオトリ殿はリッチの逃げ場がなく、自分に有利な状況で決着をつけるつもりですか？」

「そういうことじゃな。しかも、弱体化した状態のリッチでは、風の壁を突き破ることも上空から逃げることも難しいじゃろうから、不利な状況でもテンマと戦うしかない。まあ、リッチがまだ戦える状態じゃったらの話じゃがな」

弱っておる上に身動きを封じられたリッチが相手なら、テンマは高い確率で一方的な状況に持ち込むことができるじゃろう。だからこそわしは、リッチが予想よりも粘っていると感じたわけじゃ。

「あら？　風が弱まってきたような？」

「うむ。確かに弱くなってきておるのう。おそらく決着がついたのじゃろうな。ただ、テンマが勝ったとは思うが、万が一ということもある。ジャン、わしはもう少し視界が良くなるまで待つが、お主たちは煙が完全に晴れるまでは動かぬ方がよいじゃろう」

「マーリン様、私たちも同時に進んだ方がよくないですか？」

「わしは空を飛んでいくからよほどのことがない限り物にぶつかるということはないじゃろうが、地上を進むお主たちは違うじゃろ？　視界が悪い上に足元がどうなっておるのかわからぬ所を進むのは、さすがに馬がかわいそうじゃ」

本当はすぐにでも飛んでいきたいところじゃが、もしもテンマが負けていた場合、視界の悪い中に突っ込んでいってリッチに待ち構えられでもしたら、これまでの全てが無に帰すこともあり得る。それに、リッチが生き残っておるのにわしと同時に軍を進ませると、わしはともかくとしてクリスたちは無防備な状態で攻撃を受ける可能性が高い。ならば、ここはわしと軍を分けて行動するべきじゃろう。

「おっと……わしはそろそろ行くとする……ん？」

煙も薄くなってきたことじゃし、そろそろテンマを迎えに行こうかとしたところ、遠くで……まだ煙の濃い辺りで魔法が使われたような気配（長年の経験から、煙の動きでそう感じた）あったかと思うと、そのすぐ後で雷が落ちて小さな爆発が起きた。

「あれは『タケミカヅチ』⁉　まだ戦闘は続いておったのか！」

こんなことなら、『テンペスト』が消えたすぐ後で動いていればよかったと思いながらすぐに空中に浮かんだのじゃが……先ほどの雷の爆発でさらに砂煙が舞ってしまい、テンマのいるであろう周辺はさらに視界が悪くなっていた。

そんな状態であったが、わしは全力でテンマの下へと向かおうとした。だが、すぐに煙の中心部から上空へと向かう二つの影を見つけてしまい動きを止めてしまった。

「テンマ……」

それは、ぐったりとした様子で動きのないテンマと、そんなテンマを片手で持ち上げている見知らぬ女じゃった。

◆クリスＳＩＤＥ

「クリス！　勝手な行動をするな！」

『テンペスト』の音を聞いていつでも動き出せるように構えていた私は、上空に連れ去られようとしているテンマ君を見て馬を走らせようとしたが、そんな私をジャンさんが馬の手綱を摑んで止めた。

「何で止めるんですか！　テンマ君が連れていかれているんですよ！」

「だから、お前だけでどうやってテンマを助けるつもりだ！　マーリン様！」

「う、うむ。わしが先行して、何とかあの女からテンマを引きはがす。ジャンたちは支援を頼む！」

マーリン様はいつもなら真っ先に飛び出していそうなのに、テンマ君があんな状態になっていることがショックだったのか反応が遅れていた。まあ、すぐにジャンさんに指示を出して飛んでいったけれど……やはり距離があるせいで、飛び出してすぐには追いつかない。

「そこにいるあなたたち！　私についてきなさい！」

「おい！」

「ジャンさんはすぐに軍をまとめて追いかけてきてください！」

目についた騎乗している騎士を指差し命令し、すぐにマーリン様の後を追おうとしたが……ジャンさんは未だに手綱を放さなかった。

「テンマを倒すような奴が相手だぞ！　少しでも戦力をまとめて、一丸となって向かうんだ！」

とジャンさんは怒鳴るが、

「そんな相手にマーリン様を、たった一人だけで向かわせているんですよ！　私たちにはあいつに対する効果的な攻撃手段がないとしても、足元で騒ぎ立てて気を散らせることくらいはできるはずです！　元々私たちは、テンマ君とマーリン様のサポートをする為に集まっているんです！　こんな時に役に立たないでどうするんですか！　それに、リッチみたいなのがもう一匹出てきた以上、私よりもテンマ君の方が絶対に必要です！」

そう怒鳴り返し、ジャンさんの手を振り払って強引に馬を走らせた。すぐに動けた騎士は一〇人くらいしかいなかったけれど、ちゃんと私についてきているようだ。

「全員、周囲に気をつけながらあいつを追いかけなさい！　魔法が使える者は、届かなくてもいいから上空に放つのよ！」

テンマ君とあの女はかなり上空に上がってしまっているから、私たちの魔法では届かないとは思うけど、それで少しでもこちらに注意が向けばマーリン様の助けになるかもしれない。

もしかすると逆に邪魔になってしまうかもしれないけれど、こちらが後手を踏んでいる以上、少しでも可能性があるのなら試すべきだ。それに、マーリン様ならたとえ魔法が雨あられのように放たれたとしても、迷わずにテンマ君の所へ行こうとするはず。

「マーリン様がテンマ君の所に到着するまで、あと少し……なのに私たちは、あいつの足元までまだ距離がある……」

一瞬でもいいからこちらに注意を引けないかと、騎士たちに魔法を撃たせてはいるけれど、距離が離れているせいで効果は全くないように見える。

「クリス様！　少し大きな魔法を使います！　時間をください！」

ついてきた騎士の一人がそう叫ぶので、彼の近くにいた騎士にサポートをさせることにした。彼が集中している間に、マーリン様はあと数十秒でテンマ君に手が届くという所まで近づいている。

「いきます！」

彼はそう言うと、両手でボールを上にすくい投げるような動作で魔法を放った。その魔法は、かなりの速度で放たれたが角度が上すぎている。これでは女の所まで届かないと思った時、

「上空を見ないでください！　目を逸らして！」

その叫び声を聞いてとっさに目を閉じながら下を向くと、そのすぐ後でまばゆい光が辺りを包んだ。

「光るだけの魔法です！　危険はありませんので、そのまま進んでください！」

彼の言葉に従い、足が止まった馬を進めさせようとしたが、馬は光に驚き暴れ始めてしまった。

それでも何とか宥《なだ》め、テンマ君との距離を詰めるべく走らせたが、あの光に全ての馬が驚き、半数の騎士が馬から振り落とされてしまった。振り落とされた騎士のうち、半数はすぐに騎乗し直すことができたが、残りは遠くの方へと馬が逃げてしまった為、これ以上はついてこられそうにない。

「あなたたちはすぐに戻りなさい！　ここからならまだ敵は少ないわ！」

落馬した騎士たちに指示を出して馬を走らせようとした時、ちょうどマーリン様が女に追いついたところだった。

マーリン様は愛用の杖《つえ》で女の頭を打ち据えようとしたが、女は何と空いている方の手で振り下ろされた杖を摑んでいた。そしてそのまま、マーリン様と女の力比べとなった。

「何て奴なの！　両手のマーリン様の一撃を片手で防ぐなんて！」

だがしかし、両者の力比べは一見すると拮抗しているようにも見えるが、少しずつ女の高度が下がってきていることから、マーリン様の方が若干優勢のようだ。

「今のうちに追いつくわよ！　飛ばしなさい！」

今はまだ届かない高さだけど、このままマーリン様があの女を押し続けたら、私たちの攻撃でも

ギリギリ届く所まで降りてくるかもしれない。

「クリス様！　あの女の下に、ゾンビも集まってきているようです！」

私にはまだ見えない距離だけど、目の良い騎士には見えているようで、このままの速度だと私たちが少し早く女の下辺りに着くかもしれないとのことだった。

「全員、気を引き締めなさい！　着くと同時に戦闘が始まる可能性が高いわよ！」

たとえギリギリこちらが早かったとしても、あの女に攻撃を仕掛けている間に敵が襲いかかってくるでしょう。それに対し、ここまで全力に近い速度で走ってきた私たちの馬が逃げ切ることは難しいはず。

「もし怖気《おじけ》づいた者がいるのなら今からでも戻って、ジャン隊長たちと来なさい」

一応訊いてみたけれど、ここに来て引き返す者はいなかった。まあ、もし本当に引き返す者がいたとしたら、その騎士は今後の出世は見込めないでしょう。それはこの戦いに参加している他の騎士たちから軽んじられるのと、送り出した上役の顔に泥を塗るという二重の意味で。

「大分下がってきているけど、まだ高さがあるわね……誰か、弓矢を持っていない？」

「一応支給されたものをそのまま持ってきましたが、私はあまり得意な方ではありません」

届きそうな武器ということで弓矢を持っているか尋ねたところ、騎士の一人がマジックバッグに支給された弓矢一式を持っているというので受け取った。

できれば魔法が得意な騎士が残ってくれていればよかったのだけれども、その魔法が得意な騎士は先ほどの光る魔法を放った際に落馬してしまったので仕方がない。

「確か、魔力を弓に流しながら、それとは別に風魔法を矢に使って……」

これまで、テンマ君やマーリン様が武器に魔法をかけて性能や威力を上げているのを見ているので、その方法を試してみることにしたのだ。魔法の使用に失敗すればそれなりに危険はあるだろうけど、今あの女に届くような攻撃方法は、これしか私には思い浮かばない。

「念の為、あなたたちは私から少し距離を取りなさい！」

そう叫ぶと、騎士たちはすぐに私から数メートル離れた。本当なら、どんな失敗をするのかわからないので、もっともっと離れてほしいところだけど、あまり離れすぎると敵が潜んでいた時などの対応ができないのでこれが限界と判断したのだろう。

「一発目……いつっ！」

最初の一発目は、弓を強化して矢に風魔法を使用するところまではうまくいった。しかし、矢が指から離れた瞬間に矢にかかっていた魔法が弾けてしまい、その衝撃で頬から血が流れた。その時の矢は普通に放つよりも飛ばず、一〇メートルほどの高さまでしか上がらなかった。

「二発目……くっ！」

二発目は、風魔法の使い方に注意しながら放ち、一発目とは比べものにならないくらい飛びはしたもののまだ魔法のコントロールが甘いらしく、矢が指から離れた瞬間に右手に無数の傷ができた。しかし、女のすぐそばをとまではいかなかったが、その二〇メートルくらい下を通過していった。

「大体わかったわ。次は届く！」

マーリン様のおかげで女の高度は下がってきているし、こちらも近づいているので次は女のすぐ近くまで行くはず。それに何となくだけどコツのようなものもわかったし、自分でもすごくいい形で集中できているのがわかる。ただ、一つ問題があるとすれば、魔法のコントロールに関してはうまくいく気がしないということだけど……完璧にコントロールできなくても届くことはわかったから、弓を引けなくなるくらいの怪我をするまでは、頑張って痛みに耐えればいいだけのことね。

「ふぅ……ふっ！　……惜しいっ！」

三発目にして、矢は女のすぐ近くを通過した。その代わり、今度は左手にも傷ができたけれど、少しずつ魔法のコントロールに慣れてきているようで傷は小さかった。

「クリス様！　ゾンビたちは我々よりも遅れているようです！　しかしこのままだと、オオトリ殿の下を通過してあまり間を空けずに衝突すると思われます！」

「それじゃあ、その前にあの女を撃ち落とさないとね！」

続く四発目は三発目よりも大きく外れたけれど、これは女が私の矢を警戒して強引にかわそうとしたからだった。そして、その隙をマーリン様が見逃すはずもなく一気に押し込まれ、ついに女の高度は十数メートルくらいまで降りてきた。これなら矢でなくとも届きそうね。

「あなたたちは威力が低くてもいいから魔法を撃ちなさい！　当てる必要はないから、あの女の数メートル下を狙うのよ！」

ここまで近くなると、いくら魔法が得意でないとはいえマーリン様に当たる可能性がぐんと上がるから、あえて当たることのない場所を指定する方がわかりやすくていいはず。それに、そもそも私たちの魔法を一発二発……どころか数十発まともに当てたとしても、あの女に大したダメージが与えられるとは思えない。

そう考えながら弓に矢を番《つが》えた時、

「ぬおりゃあぁ――――！」

「テンマ君！」

マーリン様がすごい気迫と共に女をさらに押し込み、そのはずみでテンマ君を摑んでいた女の手が離れた。

落ちていくテンマ君を見て、私は反射的に弓矢を放り投げて馬を走らせたけれど、受け止めるにはどうあがいても間に合いそうにない。ただ、位置的にマーリン様や女よりも先にテンマ君の所に着くのは私が一番早いだろう。

「お願いだから、変な落ち方だけはしないでよ！」

テンマ君の頑丈さを考えれば、一〇メートルくらいの高さから落ちて無傷だったとしても驚きはしないけれど、それはしっかりと意識のある時の話だ。

あの状態のテンマ君に意識があるとは到底思えないし、もし頭から落ちでもすれば即死してもおかしくない。逆に足の方から落ちれば、大抵の怪我なら意識を取り戻したテンマ君が自分で治してしまうだろう。

なるべく軽い怪我でとどまってほしいと願いながら落下予測地点を目指したけれど……テンマ君が地面に叩きつけられる光景が訪れることはなかった。

◆マーリンSIDE

クリスたちの援護の甲斐《かい》あって、女をさらに押し込むことができたのじゃが……その結果、テンマが落下するという非常事態が起こってしまった。

せめてクリスが真下にいる時ならよかったのじゃが、運の悪いことにクリスはまだ数十メートルは離れておる。このままではテンマが無防備な状態で落下してしまう！　……そう思った時、想像を超える出来事が起こった。何と今の今までわしに押さえられて身動きの取れていなかった女が、一瞬で目の前から姿を消したのだ。いや、消えたように錯覚するほどの速さでテンマを追いかけ、地面に激突する前に追い抜いてそのまま空中で受け止めおった。

　これが数十メートルの高さであったなら、同じことをわしでもできるとは思うが、一〇メートルほどの高さからでスタートの時に押さえ込まれておる状態であったことを考えると、とても真似できるとは思えない。テンマならばとも思うが、テンマでもできるか怪しいところじゃろう。

「クリス、逃げるのじゃ！」

　女の動きに驚いてしまったせいで一瞬動きが止まってしまったが、今の状況で一番危ういのはクリスじゃった。クリスはテンマを確保するために持っておった武器（弓矢）を放り出し、馬を走らせることに集中しておったのじゃ。

　そんな無防備なクリスの目の前に、突如として割り込んできた謎の女《てき》……しかも、それまで自分に対し攻撃を仕掛けておったのが誰なのかというのは、当然ながら気がついておるはずじゃ。ならば、女が次にする行動は容易に予想がつく。

「ひぎぃっ！」

　クリスは、女がどこからか取り出した黒い槍のようなものの横薙ぎの一撃を食らい、馬上から数メートル飛ばされて地面に激突した。

　女の槍（のような武器）は、一見すると黒く長い棘のようなもので、先端に刃がついているようには見えないが、横薙ぎの時にクリスの前にあった馬の首を容易《たやす》く跳ね飛ばしていることから、殺傷能力がとても高い武器だということがわかる。

「クリス！」

幸い……と言っていいのかわからぬが、クリスは馬のおかげで威力が落ちたからなのか、馬の首のように両断されることはなかったが……それでも槍の衝撃はかなりのものじゃろうし、何より地面に激突したせいでピクリとも動いておらんかった。

そんなクリスに女は槍を振りかぶったので、

「させぬ！」

手から離れる前に、上空から女とクリスの間を狙って魔法を放った。

女は魔法でタイミングを外されたからなのか振りかぶった槍を持ち直していたので、その隙を突いて上空から杖の一撃をお見舞いしようとしたが、

「この卑怯《ひきょう》者がっ！」

あろうことか女は、テンマを盾にするかのごとくわしの前に突き出しおった。とっさに杖を止め、無理やり体をひねって女から離れた所に着地したが、これでテンマの救出は振り出しに……いや、さらに難しくなってしまった。そこに、

「やめろ！　お主らは逃げるのじゃ！」

クリスと共にテンマの救出に来ていた騎士たちが、一斉に女に襲いかかった。

女がわしの方へ体を向けておったので、今が好機だと判断したのじゃろうが……あの女に、あのような常人の仕掛ける奇襲などが通用するはずもなく、仕掛けた騎士たちは、瞬く間に女の槍の餌

食となってしまった。

騎士たちが倒され、今いる味方はわしの後方におるクリスのみ。しかし、そのクリスは生きておるのかすら定かではない。

このどうすることもできない状況で、あの女はテンマの胸ぐらを摑み……

「なっ……」

自分の体に押しつけ、体内に取り込んだ。それはまるで、テンマが頭から食べられておるようにも見えた。

「ふふっ……ようやく手に入った……」

女はそう呟くと、わしとクリスにはもう興味がなくなったかのように一瞥《いちべつ》すらせずに、どこかへと飛び去っていった。

わしは先ほどの光景が衝撃的すぎて、飛び去っていく女をただ茫然《ぼうぜん》と見送ることしかできなかったのじゃった。

第八幕

◆ライルSIDE

「テンマが……負けた、だと……」

先行して戻ってきた選抜隊の者の報告を受けた俺は、その衝撃的な内容にしばらくの間思考が停止してしまっていた。そんな俺が正気に戻ったのは、すぐ近くで誰かの……母上の倒れた音に気がついたからだった。

「マリア！　アイナ、マリアをベッドに！」

「はっ！」

いつものアイナなら母上が倒れる前に支えることができただろうが、アイナも報告を聞いてかなり動揺していたようだ。それはクライフ……いや、俺と父上も同じだろう。ここから先は、冷静になることを意識して動かないと、王国に潜む獅子身中の虫にいいようにやられてしまうだろう。

「クライフ、すぐにシーザーとザインを呼べ！　それと、シーザーの護衛に就いているディンもだ！」

父上はそれぞれの仕事で別の場所にいる兄上たちを呼び、会議の前に情報を共有し意見をまとめておくのだろう。

ジャンたちがいつ戻るか正確な時間はわからないが、よほどのことがない限り明日中には王都に到着するとのことなので、会議までには王家の意思をまとめることはできるだろう。

その為に父上はさらに、

「疲れているところ悪いが、お前の身柄はジャンたちが戻るまでこちらで預からせてもらう。ある程度の自由は許すが、外部との接触はたとえ身内であっても許可はできぬ」

報告者の身柄を拘束した。

報告に戻ってきたのは近衛隊の騎士で身元ははっきりしている者ではあるが、万が一改革派と繋がっていた場合、会議の前に改革派が襲ってこないとも言い切れない。

ジャンたちが戻ってくるまでの間であり、万が一の為とはいえ王家を守る近衛の騎士としては屈辱的なことに違いない。

しかし、報告に戻ってきた騎士は事前にこうなることを予想していたのか、不満な様子は一切見せずに他の近衛騎士に隔離部屋へと連れられていった。しかし部屋から出ていく前に、

「この話、オオトリ家には伝えているのか？　それと、マーリン殿の様子は？」

と父上が質問をした。それに対し報告者は、

「マーリン様はかなり気落ちしているご様子でしたが、正気は保っていらっしゃいました。オオトリ家には、マーリン様が直接話をするとのことです」

報告者は、テンマがドラゴンゾンビと戦って行方不明になった後のマーリン様を知っていたのだろう。

俺はマーリン様が無事だと聞いて、ひとまず安堵《あんど》した。テンマがいなくなっただけでなく、マーリン様までおかしくなってしまったとなれば、王家はこのまま滅びの道を突き進みかねない。その

くらい、今の王家にとってオオトリ家は影響力のある存在となっている。

「できればテンマのことは隠し通しておきたいところだが……未だ帝国との戦争の最中であり、オオトリ家には重要な作戦を任せていた以上、他の貴族にも結果を知らせないわけにはいかない……」

父上の言う通り、テンマがリッチと戦うということは王都にいる貴族の間で知らぬ者がおらず、各所に協力を要請している以上、その結果を黙っておくことはできない。しかし、それを知らせることで改革派は当然として、王家側についている貴族の中からも離反者が出てしまう可能性が高い。

そのことについて悩んでいると、

「陛下、お呼びと聞きましたが、何が起こりましたか？」

兄上たちが揃ってやってきた。ザイン兄上とディンも何か聞きたそうにしていたが、シーザー兄上の後ろで父上の言葉を静かに待っていた。

父上からテンマの敗北と行方不明の事実を聞いた三人は、長い付き合いの中で断トツというくらいに慌て、しばしの間冷静さを欠いていた。

父上はそんな二人を落ち着かせた後、今後のことを話し合う為に席に着かせて、いざ話し合いを始めようとした時、

「少々お待ちください、誰か来たようです……何？　陛下、オオトリ家のプリメラ様が陛下にお目通りしたいと、門の所に来ているそうです」

「すぐここに通せ！」

扉をノックする者がいたのでクライフが対応したところ、何とプリメラが来ているとのことだっ

た。マーリン様が王都に戻ってきているという報告はなく、かといって知らないうちに戻ってきていてプリメラと共に来ているということもないらしいので、何故来たのかは不明だが対応しないわけにはいかない。

「それと、シーザー。イザベラを呼んで、この場に同席……」

「私が同席します」

父上は、女性《プリメラ》が男だけしかいない空間で会うのを避ける為に、シーザー兄上に義姉上を呼ぶようにと言いかけたが、その言葉を戻ってきた母上が遮った。

「大丈夫なのか？」

「ええ、大丈夫です。アイナ、クライフの代わりにあなたが出迎えに行ってきなさい。プリメラはお腹に赤ちゃんがいるのですから、女性の手助けが必要なはずよ」

報告ではジャンヌとアウラも来ているとのことだから、人手は足りているとは思うが……多分、アイナが迎えに行った方が、プリメラは母上の客だと印象付けることができるかもしれないからだろう。


「陛下、マリア様。プリメラ様をお連れしました」

「うむ、入ってよい」

しばらくしてアイナが戻ってくると、俺たちの間に緊張が走った。プリメラが何故来たのかは不明だが、来てしまった以上はテンマのことを話さないわけにはいかないからだ。そういった意味では、俺や兄上たちよりも、父上と母上は比べものにならないくらい緊張していたかもしれない。

「このたびは突然の訪問にもかかわらず……」

「座ったままでよい……それよりも、プリメラにはこちらから伝えなければならないことがあるのだが……」

プリメラは出産時期が近い為か車椅子で来ていて、ジャンヌに押されながら部屋に入ってきた。そして父上に対し、臣下の礼(貴族籍を抜けているので、正確には元臣下となるが)を取ろうと車椅子から立ち上がろうとしたが、父上はそれを遮って車椅子に座ったままでいるように言った。

そして、プリメラにテンマのことを話そうとしたのだが……

「その伝えたいこととは、テンマさんのことではありませんか?」

父上が一瞬躊躇《ちゅうちょ》した隙にプリメラから発せられた言葉に、父上は……いや、俺たちは息が止まるかというくらいに驚かされた。

「オオトリ夫人、もしかしてマーリン殿が戻ってこられたのかな?」

真っ先に冷静さを取り戻したシーザー兄上が、一番あり得そうな可能性をプリメラに尋ねたのだが……プリメラは『やっぱり』といった感じの表情をしながら首を横に振った。

「いえ、おじい様はまだ戻ってきておられません。ただ、昨日の夕方頃だったと思うのですが、突然スラリンが慌て始めまして、落ち着かせてから理由を尋ねたところ、テンマさんに異変があったことを感じたそうです」

もしこれが普通のスライム相手の話だったなら、何を馬鹿なことを言っているのかと笑い話になるのかもしれないが、スラリンはテイマーのことをよく知らない俺からしても異質な存在だと理解できるほどだ。それに何よりも、普段から主ではない者に対しても自分の意思を身振り手振りで伝えるところを見ている以上、どうやってスラリンがテンマの異変を知ったのかは置いておくにしても、十分に納得できる話だった。

「私はテンマさんのように、スラリンの言いたいことを全て理解できるわけではありませんので、テンマさんにどんなことが起きたのかまではわかりません。ですが、詳しい理由を知ろうにもおじい様はいつ戻ってくるのかわからなかったので、陛下なら何かご存じなのではと思い、厚かましくも押しかけてしまいました」

押しかけてきたとは言うが、今回の戦争においてオオトリ家は王家の協力者という立場であり、普段の付き合いからすればおかしな話ではないだろう。まあ、元貴族のプリメラが事前の知らせもなく来たということには驚いたが、状況が状況だけに突然の訪問になったのは仕方がないだろう。

「うむ、そこまでわかっているなら全てを隠さずに話すが……気をしっかり持つのだぞ。先ほど私たちも知らせを受けたばかりなのでわからぬことが多いのだが、どうやらテンマは敵方の新手と戦闘になり敗北し、行方不明となっているらしい。マーリン殿は無事だそうだが、テンマはかなりの深手を負っているようだとの報告もある……生死も不明とのことだ」

「そう……でしたか……」

プリメラは父上の話を聞いて、全身から力が抜けたかのように車椅子の背にもたれかかった。しかし、

「それで、王家はテンマさんの救出について、どこまで協力していただけるのでしょうか？」

まっすぐに父上を見つめて、テンマ救出の協力を要請してきた。

「テンマの居場所がわかるのか！」

「わかるのは私ではなくスラリンで、正確な場所ではなく大体の場所ということらしいですが……スラリンをここに出しても構いませんでしょうか？」

「構わぬ！」

プリメラの言葉に食い気味で許可を出した父上は、母上と共にテーブルに上がってきたスラリンに対し、立て続けに質問を始めた。

「陛下、さすがのスラリンも、そう矢継ぎ早に言われては答えることなどできないでしょう。少し落ち着いてください」

シーザー兄上が軽く窘《たしな》めたことで父上（と母上）は落ち着きを取り戻し、改めて質問するとスラリンは身振り手振りで答え始めた。

「では、テンマは生きた状態で連れ去られたということで間違いないのだな？」

父上の質問に、スラリンは体を縦に弾ませて（これが肯定の意味で、違う場合は触手を横に振る）答える。

「スラリン、テンマはどこに連れ去られたのですか？」

母上の質問に対してスラリンは少し間を置き、ある方向を触手で示した。どこにとはっきりわかるわけではないが、大体の方角は今でもわかるそうだ。そして、テンマがしばらくの間移動して（離れていって）いないということも、何となくの感覚でわかるらしい。

「クライフ、王国全体の地図を持ってきてくれ」

「了解しました」

シーザー兄上がすぐにクライフに地図を持ってこさせ、その地図とスラリンの示す方角を照らし合わせてみると……

「陛下、この方角でテンマを連れ去った女が留まるとしたら、セイゲンの可能性が一番高いと思われます」

セイゲンが女の留まっている第一候補だということになった。ディンは他にもいくつかの候補を挙げたが、セイゲン以上に可能性の高そうな所はなく、違う場所に行くくらいならそのままできるだけ遠くに行こうとするのではないかということになった。

「セイゲンに隠れているとなると、女はダンジョンにいる可能性が高いな……」

もし父上の言う通り女がダンジョンに隠れたのだとすると、捜すのがかなり難しくなってしまう。何せ、セイゲンは新しく発見されたダンジョンも含めると地下一〇〇階を軽く超える規模であり、階層によってはセイゲンと同規模かそれ以上の広さがある。何の策もなしに向かったとしたら、見つけるだけでも数年……いや数十年、場合によっては数百年かかるかもしれない。

「陛下、本日この時をもちまして、近衛隊隊長の地位を返上し、騎士団を辞させていただきたいと思います」

突然のディンの発言に俺をはじめ、兄上たちやプリメラたち、そしてアイナとクライフも驚いていた。

「決意は固いのだな?」

「はっ！　長年お仕えしておきながら、最後がこのような形になり申し訳ないとは思っておりますが……」

「よい、許す。これまでの働き……友として、ありがたく思っている。今後はディンのやりたいようにやるといい」

「ありがとうございます……アレックス様」

ディンは父上に頭を下げると、今度はプリメラの方を向き、

「オオトリ夫人、私をテンマの救出に向かわせていただきたい」

「ありがとう……ございます……」

ディンがいなくなるのは王家としては痛手ではあるが後任となる人物は育っているので、近衛のレベルが極端に下がるということはないはずだ。

「アイナ、あなたも王家のメイドを辞めて、ディンについていきなさい」

ディンと父上の言葉に涙を浮かべて言葉を詰まらせていたプリメラだったが、さらに母上からの言葉で驚かされていた。まあ、それは俺も同じだったわけだが。

「はい、マリア様。これまでお世話になりました」

アイナは全く驚いていない様子だったが、よくよく考えれば二人は婚約中なので、片方が王家から離れるのならばついていく方がいい。それに、いくらディンが王国の騎士団で最強だとはいえ、テンマを倒して連れ去った相手に無傷ということはないだろう。それこそ、命がけの戦いになるし、おそらくは分が悪い戦いになる。そういった理由もあり、ギリギリまでそばにいられるようにとの考えなのかもしれない。

「それと陛下、厚かましいお願いになりますが、『暁の剣』のジンを同行させる許可をいただきたい。もちろん、実際に連れていくかは本人の意思次第ではありますが……」

「確かにセイゲンのダンジョンに慣れておるジンならば戦力にはなるであろうが、『暁の剣』は大公の指揮下に入っており、重要な任に就いておる。私からも大公に理由を記した手紙を書くくらいはできるが、頭越しに引き抜くような真似はできぬ。ゆえに、ディンの方から直接頼むとよい。まあ、伯父上も理由が理由だけに、無下にすることはあるまい」

伯父上なら、一も二もなく許可を出すのは間違いないだろう。

テンマがマーリン様の孫ということもあるが、まるで自分の孫でもあるかのように目をかけているからな……多分、同い年の頃の俺よりもかわいがっていると思う。しかし、

「ディン、連れていくのはジンだけでいいのか？　ジャン……は無理だが、エドガーやシグルドなら十分戦力になると思うが？」

気になったことを訊いてみると、戦力にはなるかもしれないがクリスが重傷を負ったことを考えると、クリスより少し上くらいの力量であり、しかもダンジョンに慣れていない二人では戦力になるどころか逆に足を引っ張りかねないということだった。

「それと、オオトリ家からはおそらく……というか、ほぼ確実にマーリン様も参加するでしょうですよね？　という感じでディンがプリメラを見ると、

「まだ戻ってきていないので確実とは言えませんが、知ればおじい様は絶対に参加すると思います。その他に、スラリンとシロウマルも同行します」

もしも王家の協力が満足のいくものでなかった場合、プリメラはオオトリ家に残っているほぼ全ての戦力を使ってテンマを助けに行くつもりだったらしい。

「不思議な力でテンマの居場所を感じ取れるスラリンと、鼻で捜索できるシロウマルか。共に戦力

としても申し分ないですが、それとは別に壁……捨て駒にできるゴーレムをいただきたい。これに関して言えば数は多い方がいいですが、かといって多すぎると今度は王都のオオトリ家の守りが心配になるので、各一〇〇体ほどあればと思います」

「ゴーレムは、一応一〇〇〇体用意しました。ただ、パーシヴァルのような規格外のものは入っていません」

「むしろ、そちらの方が気兼ねなく使えます」

王家でも自前では数を揃えることが難しいゴーレムを一〇〇〇体用意するのはさすがオオトリ家というところだが、報告が本当ならば一〇〇〇体のゴーレムでも少しの時間稼ぎにしかならないかもしれない。だからこそディンは、最初から捨て駒と言ったのだろう。それに、規格外のゴーレムは普通のゴーレムと比べて大柄であるから、限られた空間であるダンジョンの中ではゴーレムとの連携は難しいはずだ。

「それではオオトリ夫人、すぐに出発の準備を整えましょう」

「お願いします。陛下、失礼します」

「うむ。ディン、頼むぞ」

「アイナ、たまには顔を出しなさいね」

父上の家臣であり近衛隊の隊長であるとはいえ、俺が生まれた時からいたディンがいなくなるのは寂しく思うが、前々からディンは王家から離れるような気がしてはいたので、それが少し早まっただけの話だろう。それにディンなら、生きてテンマを救い出し元気な顔を見せに来るだろうから、今生の別れではない。まあ、その時はアイナともう一人くらいは増えているかもしれないが。

第九幕

◆ディンSIDE

「シロウマル！　この方角にマーリン様がいるんだな！」

プリメラと共に一度オオトリ家に移動し支度を整えた俺は、王都の外で陣を構えている警備隊に向かった。その際、近衛隊ではなくオオトリ家の家紋を掲げて大公様への面会を求めたのだが、特に気にされることなく通された。おそらくは俺とテンマの関係から、オオトリ家関連の話を代理で持ってきたとでも思われたのだろう。

それは大公様だけでなくその周囲もそう思っていたようで、最初こそ俺を『近衛隊隊長のディン』として接していたが、理由を話して『オオトリ家のディン』となったことを話すと大変驚いておられた。まあ、その後で大笑いしていたが。

そして、テンマが負けてとらわれたことを話すとまた驚かれていたが、テンマはまだ生きており、その奪還の為にジンを借りたいと説明すると、すぐにジンを呼び出した。ジンが来るまでの間に、大公様には決して命令という形ではなく、あくまでもジン自身に選ばせるように頼み込んだ。ジンは王家から大公家を通して依頼をした形というのもあるし、生きて戻ってこられるかわからない任務なのでという理由からだったが、話を聞いたジンは驚いた後で一も二もなく同行を決意してくれた。

この時、ジン以外の『暁の剣』も呼んでいたので、ジンはその場で仲間との挨拶を軽く済ませ、任務の打ち合わせをした。その際、ジンが馬での移動が難しい（正確にはある程度なら馬に乗ることはできるが、今回のように急ぎの移動の経験はなく、長時間だと不安）と言った。そこで、基本的には俺の馬とシロウマルで移動し、ジンはスラリンかディメンションバッグの中で待機することになった。これに関してジンは申し訳なさそうな顔をしていたが、無理に馬に乗せて怪我でもされてはそちらの方が大変なことになる。

あとは王都に戻っている最中のマーリン様と合流し、理由を説明してセイゲンに向かうという話になり、警備隊の陣を離れたのだ。

「……うぉふっ！」

シロウマルは俺の問いかけに一瞬間を置き（その間、空中のにおいを嗅いでいた）、走りながらひと鳴きしてそれまでよりも少し角度を変えた。ただ、その方角はかなりの悪路だったので、俺の馬だと脚を怪我する恐れがあった。その為、一度俺も馬と共にスラリンの中に入り一息入れることにした。

「お疲れ様です。お茶と軽食です」

「ああ、すまんな」

ジンからお茶とパンを受け取り胃に流し込むと、少し疲れが出てきたように感じた。

「ディンさん、少し横になっていてください。長時間は無理でも、一応馬には乗れますから」

「ああ、その時は頼む。一応スラリンには悪路を抜けたら呼ぶように言ってあるから、その時に起きられなかったら代わってくれ」

騎士団の任務中に短時間しか睡眠がとれずに叩き起こされることなど、これまでに何度も経験しているから起きられないということはないと思うが、せっかくジンがそう言ってくれているのだから少し甘えておこう。

そう思って横になっていると、

「ディンさん、マーリン様たちらしき一団が見えました！」

いつの間にか熟睡していたようだ。自分で思っていたよりも、かなり気疲れしていたのかもしれない。

「接触は？」

「いえ、俺やシロウマルだけだと変に警戒されるかもしれないので、今は離れた場所で待機しています」

「確かにそうだな……よし、俺が先頭に立とう。ジンも後ろからついてきてくれ！　シロウマルは、一度中に入っていてもらおう」

ジャンたちがどういう状態かわからない以上、俺が先頭に立ってオオトリ家の旗を掲げた方があまり刺激させなくて済むだろう。魔物であるシロウマルの姿があると、下手をすれば大混乱させてしまい危険な状況に陥ってしまうかもしれないからな。

シロウマルを下がらせてからジンを引き連れて部隊に近づくと、最初のうちは近づいてきた見知らぬ二人に警戒していたようだが、何人かの騎士が掲げていたオオトリ家の旗に気がついてジャンのいる所に案内してくれた。

ジャンは俺を見て驚いていたが、すぐに今回の顛末《てんまつ》を説明して頭を下げてきた。それは今回の任務を失敗したから俺がここまで来たということもあったようだが、陛下は今回の任務は失敗ではない（標的だったリッチ自体はテンマが撃破しており、突如現れた正体不明の女に関しては任務とは別ものという判断から）と考えておられると伝えると、その理由を聞いた後で複雑そうな顔をしていた。

気落ちしていた様子のジャンだったが、俺と話しているうちに少し冷静さを取り戻したようで、俺がその説明の為にわざわざここまで来たのではないと気がついて目的を訊いてきたが、俺はその前にマーリン様の居場所を訊いた。

マーリン様は、今いる所から後方で固まって移動している負傷兵たちの所にいるということだったので、ジャンと共に向かうことにした。

「マーリン様！」

「ん？　おお、ディンか……こんな所までどうしたのじゃ？」

マーリン様は以前ほどでないにしろかなり気落ちした様子で馬車に乗っていた。その馬車には、瀕死《ひんし》の状態だと報告のあったクリスも寝かされていた。

「ああ、クリスはわしの魔法とテンマの薬が何とか間に合ったわい。まだ意識は戻っておらぬが、峠は越えたというところじゃな。ただ……顔と体の傷は、わしでは消すことができんかった。おそらく……」

マーリン様は、そこまで言って言葉を濁した。多分、「テンマなら消すこともできたじゃろうが」と言いたかったのかもしれない。

「マーリン様、実は私たちはマーリン様たちを迎えに来たのではなく、テンマを取り返しに行く途中なのです」

「……何じゃと？」

それまで落ち込んでいたマーリン様の雰囲気ががらりと変わり、殺気にも似た迫力が馬車の外まで溢《あふ》れ出し、近くにいた馬たちが騒ぎだした。

「落ち着いて聞いてください。実は、スラリンはテンマがいる大体の場所を把握できるらしく、その情報を基に我々は追いかけているのです」

「それで、今テンマはどこにいるのじゃ！」

「まだ確定ではないので第一候補というところですが、スラリンがテンマを感じた方角にあり連れ去った女が身を隠せそうな場所は、『セイゲン』のダンジョンではないかと」

「ならば行くぞ！　テンマを取り戻すのじゃ！」

マーリン様はそう言って空へ飛び上がったが、

「お待ちください！　相手はテンマを倒すほどの強敵です！　少なくとも我々は、一丸となって戦わないといけません！」

何とかギリギリのところで足を摑んで止めることができた。

「確かにそうじゃな……すまぬ、冷静さを欠いておった」

「それは仕方がありません。ただ、セイゲンまではまだ距離があり、女にまた逃げられる可能性があることも事実です。そこで、マーリン様には申し訳ありませんが、我々をセイゲンまで運んでいただきたいのです」

俺の計画としては、マーリン様に俺たちが入っているディメンションバッグを持った状態で『セイゲン』まで飛んでいってもらうということだ。『飛空魔法』ならば、ここから二日もあればセイゲンに到着するだろう。ただ、ずっと飛びっぱなしだといざという時にマーリン様が戦えないので、マーリン様の休憩中は俺かシロウマル（プラス、スラリン）が移動を代わり、なるべく動きを止めないで『セイゲン』を目指すのだ。

「確かに万全に近い状態で女と戦うには、ディンの案が一番じゃろうな。よしっ！　では早速、ディメンションバッグに入るのじゃ！」

マーリン様は俺たちをディメンションバッグに無理やり入れようとし始めたので、完全に押し込まれる前に、

「もしスラリンがテンマの移動を感じたら、その時点で一度止まって作戦を立て直しましょう！」

とだけ伝えると、

「うむ、了解した！　だから、さっさと入るのじゃ！」

マーリン様は頷きながら俺をバッグに詰め込んだのだった。

ここはどこだ……

「……マ……」

体が重い……

「テ……マ……」

動かない……

「テン……マ……」

何か懐かしいにおいが……

「テンマ！」

「え……母……さん？」

目の前に母さんがいる。

「ん？　テンマが起きたのか？」

父さんもいた。

「あなた、ものすごくうなされていたのよ」

「あ……ああ、そう、なの？」

間違いなく、これは夢だ。母さんも父さんも、この世にはもういない。それに、どこがとは言えないけれど、目の前の母さんと父さんは何かが違う気がする。

「父さん、母さん。体が動かないんだけど……」

「まあ、仕方がないだろう。何せ、フェンリルの番《つがい》に襲われたんだからな」

「ええ、最初に見た時は、テンマもフェンリルも両方死んでいると思ったくらいよ。それくらいの怪我だったから、回復するまで時間がかかるかもしれないわね。生きているだけでも奇跡だわ

……………どうせなら……のに……」

二人の言葉に強い違和感を覚えながらも、何故かその内容以上に母さんが何を呟いたのかが気になった。

「ねぇ、テンマ。本当に動かないの？　少しも？」

「あ、いや、少しは動かせるけど、何だかすごく重い感じがする」

手は持ち上がらないけれど、集中すれば力は入らないものの、ゆっくりと手を握ることはできた。

そのことを母さんに伝えると、

「そう……じゃあ、仕方がないわね」

母さんはそう呟き、冷めた目をしながら俺の胸にナイフを突き立てた。

「えっ……母さ……」

「おい、シーリア！　ベッドが使いものにならなくなるだろ！」

「父……さん……」

いきなり母さんにナイフで突かれたことも、父さんが俺よりもベッドを心配したことも理解できなかった。

「別に構わないでしょ？　どうせこれが殺したフェンリルを売り払えば、新しいベッドなんていくらでも買えるんだし。それよりも、役立たずになったこれを生かして世話する方が手間よ」

「まあ、それもそうか。でも、それの血が床に落ちないように、ちゃんとシーツで包んでおけよ。後で一緒に処分するから」

「ええ、お願いね。それにしても、あなたが気まぐれでこんなのを拾ってきた時はどうしようかと思ったわよ。皆の手前、捨ててこいとは言えなかったし」

「それでも、最後に金を稼いできたし、良かったんじゃないか？」

「そうね。数年面倒見ただけでフェンリルの素材が三体も手に入ったし、結果だけを見れば上々ね」

「だろ！　それに、フェンリルの子供が綺麗な状態で手に入るとか聞いたことがないから、剝製にでもしたらもの好きがいくらでも金を出すぞ！」

顔を醜く歪めて嗤う二人を見ながら、俺の意識は薄れていった……


「テンマ！　シロウマルが行ってしまうわよ！」

「は？　えっ？」

「だから！　シロウマルが、どこかに向かって走っているわ！」

どうやら俺は少しの間眠っていたようで、少し怒ったようなジャンヌの声で意識がはっきりとしてきた。

「急いで迎えに行って！」

「わ、わかった！」

ジャンヌに急《せ》かされて馬車から飛び出し、豆粒のように小さくなったシロウマルの後を追いかけるが、全力を出しているのになかなか追いつけない。

しばらくの間追いかけ続け、ようやくあと少しでシロウマルの尻尾に手が届きそうなところまで来た時、シロウマルの前方に人が立っているのに気がついた。

「あぶな……えっ？」

その人とシロウマルがぶつかると思った瞬間、シロウマルがその人をすり抜けた。いや、すり抜けたように見えただけかもしれないが、現にシロウマルは人にぶつからずにそのまま走り続けている。

「テンマ！」

「じいちゃ……」

シロウマルの前に立っていた人物はじいちゃんだった。しかし、俺はそこにじいちゃんが立っていたことには驚かなかった……というより、驚く暇がなかった。何故なら、目の前にシロウマルをすり抜けたじいちゃんが現れたので慌てて速度を落とした瞬間、じいちゃん愛用の杖で殴られたからだ。

「お前があの時……ドラゴンゾンビが現れた時すぐに『テンペスト』を使っておれば、シーリアやリカルド……それに多くの村の者たちを助けることができたはずじゃ！　それなのにお前は、自分の命を惜しんで大勢を見殺しにした！　お主のせいで皆は死んだのじゃ！　死んで償え！」

最初の一撃で顔面を潰されて瀕死状態の俺に、じいちゃんは何度も杖を振り下ろした……

「久しいな、テンマ。息災であったか？」

「えっ……あ、はい、お久しぶりです。元気に……ぐっ！」

王様の前だというのに、俺は一瞬何故こんな所にいるのか理解できなくて言葉に詰まってしまったが、すぐにじいちゃんと再会して王城で王様たちに会っている最中なのだと思い出した。

そして頭を下げた瞬間、柱の陰から俺を狙っている奴がいることに気がついたので、攻撃をかわして正体を突き止めようとしたのだが、何故か足が床に張りついたかのように離れず、混乱している間に首元に矢を受けてしまった。

普通なら致命傷となる傷ではあるが、今ならすぐに矢を抜いて魔法で治療すれば死ぬことはないはずだと思い急いで行動に移そうとしたが、矢に痺れ薬でも使われていたのか腕を動かすことができず、その場に倒れ込んでしまった。

何とか首から上だけはわずかに動かせるようなので矢の飛んできた方に目をやると、俺に矢を撃った刺客が姿を現した。柱の陰から出てきたのは……ティーダだった。

「よくやった、ティーダ！」

「ええ、本当に……龍殺しの英雄なんて、生きていてもろくなことにはなりません。王家の権威と利益を損ねる可能性がある以上、死んでもらった方が何かと好都合ですからね」

倒れ込む俺を見て嗤い、ティーダを褒める王様とマリア様。

「むしろ、ククリ村のことで貴族を恨み、陛下との拝謁の機会を狙って犯行に及ぼうとした冒険者を、ティーダ王子が未然のところで防いだことにした方がよいかと思います」

背後からディンさんの声が聞こえたかと思うと、うつぶせに倒れている俺の体に四本の剣が突き立てられた。

「ジャン、さっさとこいつの首を刎《は》ねろ！」

「そのような名誉は隊長にお譲りします」

「俺の剣が汚れるだろうが」

「自分も汚すのは嫌ですし、そもそも隊長の剣はすでにそいつの血で汚れているでしょ？」

「これ以上汚したくないと言っているんだ。さっさとやれ、命令だ！」

「はい、はい……っと！」

ジャンさんの大剣が振り落とされ、俺の首は高々と宙を舞い、

「気持ちわるっ！　あっちに行け！」

転がった先にいたルナに蹴飛ばされた。

目まぐるしく変わる視界に入り込むのは……部屋の天井に床、そして転がる俺を見て嗤う、王様にマリア様、ティーダにルナ、そしてディンさんたち近衛隊の面々だった……

「ふっ！」

「……えっ！　くそっ！」

気がつくと目の前に拳が迫っていた。その攻撃はアムールのものだ。ギリギリのところでその拳を払いのけると、今度は蹴りが側頭部目がけて放たれた。

何らかの攻撃を受けて一瞬意識を飛ばしていたのか、ようやく今が武闘大会の個人戦決勝なのだと思い出し、俺はその蹴りをしゃがんでかわすと同時に水面蹴りでアムールの軸足を狙った。

完璧に決まると思われたタイミングだったが、アムールは放った蹴りの勢いを利用して軸足をわずかに浮かせ、ダメージを最小限に抑えていた。

今日のアムールは絶好調のようで、いつにも増して身軽な動きで、水面蹴りのダメージなどなかったかのように猛攻を仕掛けてくる。しかも、身軽さだけでなく力もいつも以上にみなぎっているらしく、一撃一撃がかなり重い。

しかし、それでもブランカより上かと言われればそうでもなく、落ち着いて対処すれば余裕を持って捌《さば》くことは可能だ。

俺は冷静に一つ一つの攻撃を受け流し、アムールが疲れて動きの鈍ってきた頃合いを見計らって背後を取った。そして、

「ギブアップしろ！」

裸紋めで勝負を決めようとした。ギブアップをするように言ったが、ここまで綺麗に入っているとアムールがギブアップするよりも先にオチてしまうだろう。

裸紋めが決まって数秒後、抵抗を試みていたアムールの腕から力が抜けてだらりと垂れ下がった時、

「勝負あ……」

アムールが戦闘不能になったと審判が判断し、俺の勝ち名乗りを上げようとした瞬間、

「うるぁっ！」

いきなり背後から頭部に攻撃を受けた。

「だ、れが……」

一対一の決勝に乱入してきたのはブランカだった。あのブランカがこういった暴挙に出るとは信じられないが、実際にここにいて血のついた棒のようなものを持っている以上、これは事実なのだ。

「隙あり！」

ブランカの乱入で自由の身となったアムールは、俺をサッカーボールのように蹴り飛ばした。

明らかなアムール側の反則行為であるにもかかわらず、審判は止めるどころか試合の続行を宣言した。それに反応して盛り上がる観客たち……

全てがおかしいはずなのに、ここにおかしいと指摘する者はおらず、俺は二人のなすがままにしばらくの間いたぶられ続けた。

「もういい、飽きた……」

その言葉のすぐ後に、地面に倒れていた俺の顔面をアムールが踏み抜き、

「武闘大会個人戦、優勝はアムール！」

アムールの優勝を告げる審判の言葉と共に、観客の拍手と歓声が試合会場を包み込んだ……


「テンマ、なんか貴族がたくさん来たわよ」

俺は少し疲れたからなのか、サソリ型ゴーレムに乗ったジャンヌに声をかけられるまでボケっとしていたようだ。改めて周囲を見回すと、至る所に誘拐犯の死体、もしくは体の一部が転がっていた。そのうちの一人はどこかで見たことがあるような気がするが、どこで見かけたのかどうしても思い出せなかった。

「わかった、すぐに行く。それにしても誰が来たんだろ？」

思い出せないということは取るに足らない人物だったのだろうと思い、ジャンヌに返事をしてやってきたという貴族の所に行こうとジャンヌの指差した方角へ体の向きを変えた時、

「テンマ、後ろ！」

ジャンヌが慌てた様子で俺の背後を指差した。

「生き残りがいたのか！　……って、誰もいな……ふぐっ！」

すぐに振り返って魔法で攻撃しようと腕を突き出したもののそこには誰もいなかった。

ジャンヌの言った『後ろ』とは何だったのかと思いながら腕を下ろした瞬間、突如頭上から重くて硬いものが落ちてきて俺は潰された。

「マスタング子爵がね、私を養子にしてくれるって。ただ、奴隷だと色々と問題があるからテンマと交渉しないといけないそうだけど、そのテンマが死んだら楽に話が進むわよね？　今はこんな状

況だから、テンマはクーデターに巻き込まれて死んだことにしたら、証拠さえなければ疑われはしても話の筋は通るわよね？　幸いなことに、私の養父になってくれるマスタング子爵は中立派の有力者だから、いくらでもごまかすことはできそうだし」

そう言うとジャンヌはサソリ型ゴーレムに命じて、瀕死状態の俺の手足をハサミで引き千切り始めた。

「テンマのこと、少しくらいは覚えておいてあげるわね。一応、あなたのおかげで変態に売られずに済んだし、何よりマスタング子爵と会えたからね」

俺の四肢を引き千切り終えたジャンヌは、

「バイバイ、テンマ……潰しなさい」

と、最後に感情の籠もっていない声で、俺の頭を潰せとサソリ型ゴーレムに命じた……

「テンマさん、聞いていますか？」

「ん？　……ああ、ごめん、少しうとうとしていたみたいだ」

このところ色々なものを作りすぎて疲れが出たのか、プリメラと話している最中に寝落ちしかけたみたいだった。

「え～っと……乳母車《うばぐるま》の改良案だったな？　悪いけど、もう一度話してくれないか？」

ほんの数秒前の話のはずなのに、全くと言っていいほどプリメラの話したことを思い出せなかった俺は、素直に謝ってもう一度説明してもらうことにした。

「今日はここまでにしましょうか？　このところのテンマさんは、少し疲れているように見えますし、子供が生まれるまではまだ時間がありますから」

　そう言ってプリメラは席を立ち、お茶の準備を始めた。

「実家から珍しいハーブティーが送られてきたので、それを入れますね。何でも、疲労回復に効果があるそうで、よく眠ることができるそうです」

　プリメラは自分の机の引き出しから小瓶を取り出すと、慣れた手つきで準備を始めた。

「かなり独特な香りだね」

　ハーブティーは赤ワインのような綺麗な色をしていたが、その独特のにおいのせいで口をつけるのを少しためらってしまうものだった。もしかすると、薬の意味合いが強いお茶なのかもしれない。ちなみに、プリメラもこのにおいは苦手のようで、入れている最中は少し嫌そうな顔をしていたし、俺の前に置いた後は入れる前よりも少し距離を空けて座っていた。

「ん？　においと違って、味はいいな。少し苦味はあるけど、後口に清涼感があるな」

　好みの差はあるだろうけど、俺としては特に苦もなく飲める味だった。

　そのハーブティーをプリメラと話しながらゆっくりと飲み、カップが空になった頃、

「少し眠くなってきたな……申し訳ないけど、乳母車の話は明日にしようか……」

　急に睡魔に襲われた俺は、プリメラに断りを入れてから自分の部屋に戻ろうとして席を立ち……足をもつれさせて、その場に倒れてしまった。

「な、にが……どう……なって……プリ……メ……」

　激しい動悸《どうき》と胸の痛みに苦しみながらも、プリメラに助けを求めようと必死になって手を伸ばしたが……

「ようやく効いてきたのですね。お父様からは『常人なら一口飲むだけで数秒もあれば死に至る毒薬』だと聞かされていたのに、やはりテンマさん……いえ、こいつは化け物だったということですか」

プリメラは冷たい目をしながら、伸ばされた俺の腕を踏みつけた。その痛みに俺が顔を歪めると、

「化け物でも、痛みは感じることができるのですか」

そう言って嗤った。

「プリメラ、何をしている！」

突然ドアを蹴破る勢いで部屋に入ってきたのは、アルバートたち三人だ。

厳しい口調でプリメラに詰め寄るアルバートだったが、それは俺を助ける為ではなく、

「早くそれを始末しないと、また動き出すぞ！」

「化け物だけあって、回復は早そうだしね」

「しかしアルバート、いくらプリメラに剣の心得があったとしても、身重の状態でこいつにとどめを刺すのは骨が折れるだろ？　だから俺たちが来たんだし」

「それでも、目や口からねじ込めば、今のプリメラでもできることだ」

「確かにそうだろうけど、下手にとどめを刺そうとして最後の力を振り絞られたら大変だから、僕たちを待つのは当然のことだよ。まあ、足を出したのは少し迂闊《うかつ》な行動だったかもしれないけどね」

「それじゃあ早速、殺すとするか！」

ゴミでも見るかのような視線のアルバートに、楽しそうに笑うカイン、そして嬉々《きき》として剣で素振りをするリオン……

「お兄様、その前に少し時間をください」

そんな三人を手で制したプリメラは、

「このまま死ぬのはかわいそうですから、少しだけ今後のことを教えてあげます。まずオオトリ家ですが……これはサンガ公爵家が管理する形で、名前だけ残ることになります。まあ、この子が成人するまでの話になるでしょうが」

そう言ってプリメラは、先ほどよりも明らかに大きくなった自分のお腹をさすった。

「技術やものに関しては王家と分け合う形になるでしょうが、大部分は私が後見する子供のものとなります。そしてその子供ですが……オオトリの名前がつくのは残念ですが、本当の父親と一緒に、大切に育てますので心配する必要はありません。それではリオンお兄様、お願いします」

「ちょ……」

「よし来た！　……そいやっ！」

俺の言葉を遮り、楽しげな様子でリオンは俺の首に剣を振り下ろした……が、

「やべっ！　ミスった！」

「何やってるんだよ、リオン！」

「苦しめるのは構わんが、こんな奴の処理に時間を無駄に使うな！　ふざけてないでちゃんとやれ！」

「そうですよ。それと今後もこの屋敷は私が使うのですから、汚れと傷は最小限に抑えてください」

「わりぃ、わりぃ……よしっ！　今度こそっ！」

二回目でも俺の首は落ちず、四人は代わる代わるに俺の首目がけて剣を振り下ろすのだった……

◆？？？SIDE

「ふふ……」

ダンジョンの奥深くにある暗い空間のど真ん中で、女が笑みを浮かべた。笑みというにはいささか不気味で邪悪さすら感じるものだったが、ここに女以外の第三者はいないのでそれが指摘されることはなかった。

女は、その空間に鎮座する目的のものをしばらくの間見つめた後で、空中を滑るように移動し、

「……起きなさい」

その頭部に手をかざして大量の魔力を注ぎ始めた。

女が魔力を注ぎ始めてから数秒後、それまでただの骨だったはずのものの目に赤い光が灯《とも》り……女を叩き落とそうと岩と半ば一体化していた腕を振り上げた。

「！」

女はよほどその骨の行動が予想外であったようで、驚きから一瞬だけ動きが止まったものの、骨の腕に余計なおもりがついていたおかげで、その攻撃を簡単にかわすことができていた。

しかし、女は限られた空間では今と同じように逃げ続けることは難しいと判断したらしく、即座にその場から撤退を始めた。

骨は女を逃がすまいと、もう一度腕を振るったが……その腕が女に届くことはなく、その空間で動いているのは骨だけとなっていた。

女が消えたことに気がついた骨は自ら眠りにつくことを選んだらしく、腕を元の位置に戻して動きを止めた。そして、瞼《まぶた》を閉じるかのように骨の目から赤い光が消えると、暗い空間は再び静寂に包まれたのだった。

◆創生神ＳＩＤＥ

「テンマ君の反応どころか、あいつの反応も消えた！」

「あのくそアマ！　舐めた真似しやがって！」

武神がこれまで見たことがないくらいにブチ切れている。しかし、それは武神以外のここにいる全員も同じ気持ちだったので、誰も宥めようとはしなかった。

「……見つけた。テンマの反応は感じられないが、あいつは王都の南……いや南東に移動中だ」

あいつの反応を見失った僕の代わりに、獣神が反応を探してすぐに見つけた。

「それで、やはり『大老の森』に向かっているのか？」

破壊神はあいつが隠れ家のある『大老の森』にまっすぐ向かっているのかと訊くと、獣神は首を横に振り、

「セイゲンのダンジョンを目指しているようだ」

と言った。あそこに何の用事があるのかと一瞬考え……嫌な考えに行き着いてしまった。

「『古代龍』の骨……」

ぽつりと死神が呟いたその言葉に、皆の顔色が一気に悪くなるのがわかった。もし予想が当たっ

てしまうと、僕が考える最悪のシナリオに王手をかけるかもしれない。

「獣神！　あいつは今どこにいるの！」

「セイゲンのダンジョンの入口」

愛の女神の問いかけに、獣神はあいつを見失わないように集中しながら手短に答えた。

地上ではテンマ君を救い出す為に動き出したところだけど、まだマーリンとも合流できていないくらいだから、まだまだ時間がかかるだろう。

「ん？」

「何かあったのか？」

「あいつの動きがいきなり遅くなった」

獣神の異変に気がついた破壊神が尋ねると、獣神は少し困惑した様子を見せながらあいつの様子を伝えてきた。

「何でいきなり……」

あいつの動きが鈍ることは喜ばしいことであるはずなのに、急なことで何か別の思惑があるのではないかと疑ってしまう。

「もしかして、あいつはセイゲンのワープゾーンが使えないのではないか？」

それまで静かにしていた魔法神が不意にそんなことを言い始めた。

「皆も、あそこは地上にあるダンジョンの中でも特殊なもので、テンマが言い当てたようにディメンションバッグの中にできたダンジョンだということは知っていると思うが、元はあそこで死んだ『古代龍』の魔力からできたダンジョンと、『古代龍』が死ぬ前からできかけていたダンジョンに、近くにあった別のダンジョンが融合してできたものだ。その為、あのワープゾーンのように地上とは違うルールが適用される場所だ。もしかするとそのルールから外れる魔法を作ることも可能かもしれないが、少なくとも私でさえパッとその方法が思いつかないというのに、あいつが初見でそんな魔法を生み出せるとは思えない」

魔法の専門家である魔法神や違う世界の知識を持つテンマ君なら、時間をかければそんな魔法を開発することができるかもしれないけど、あいつはそういった知識も技術も持っていないのだろう。そもそも、そのような方法があるのなら、一気に下まで跳んでいるだろうし、もしくはすでに自分の配下として『古代龍』を従えていただろう。

「つまり、あいつは思いつきでセイゲンのダンジョンに潜っているということかい？」

「だろうな。生命の女神の言う通り、あいつは思いつきでセイゲンのダンジョンに寄った可能性が高いと思う……何ともまあ、迷惑で最悪な思いつきだがな」

ふざけた口調の魔法神だけど、その顔は怒りに染まっていた。

あいつが一気に下まで跳べないということは、その分だけ時間ができたということだけど、未だに王都周辺にいるマーリンたちが、あいつが骨のある部屋に辿り着くのを阻止することはどう考えても無理だ。

「皆、もし骨に古代龍の自我が残っていれば、あいつの配下になることを拒むかもしれないけれど、もしもの時は最悪の事態……僕たちの誰かが介入して、無理やりにでも事態を収束させることも覚悟しておいてくれ」

「その場合、地上の被害は甚大なものになるし、介入した神もどうなるかわからないということだな……なら、私が行こう」

　真っ先に立候補したのは破壊神だった。

「地上の被害をなるべく最小限に抑えるのなら、短時間で事を済ませるしかない。そして、短い時間であいつを確実に葬るのなら、戦闘に長《た》けた神が適任だ。さらに、今後のことを考えると、一番いなくても支障がないのは私だ」

「それは……いや、その時は頼むよ」

　戦闘に長けている神となれば武神に魔法神、そして破壊神だ。そして、その中でいなくなった場合一番支障が少ないと思われるのは、自身が言った通り破壊神だろう。

　それぞれ言いたいことはあるみたいだけど、誰もそのことを口に出しはしなかった。

「そういえば、ナミタロウにはテンマのことを知らせたのか？　もし知らせていなかったら、またややこしいことになりかねんぞ」

　技能神が話題を逸らすかのようにナミタロウのことを言うと、

「それなら少し前に私が伝えたわ。最後まで話を聞く前に会話ができなくなったけれど、今頃王都方面に向かっているはずよ」

　大地の女神がいつもの間延びした口調とは打って変わって、少し早口で報告してきた。大地の女神が早口になったのはこれまで数回しか知らないけれど、それだけ今の状況が異常ということだ。

「それだったら、ナミタロウにあいつの対応を頼んでみたら？」

　愛の女神が名案だという感じで提案したけれど、

「いえ、ナミタロウだとあいつ相手は難しいでしょうね。どちらかというとナミタロウは、一対一の戦いよりも、一対多数か大物を相手にする方が得意だからできないことはないでしょうけど、確実に倒せるかと言われると不安が大きいわ。もし逃がして隠れられたら、今度こそ取り返しのつかないことになりかねないわよ」

「そういうことだ。だから、私が戦うのが一番いい」

少し冷静さを取り戻した武神と破壊神に却下された愛の女神は、辛《つら》そうな表情をしながら静かになった。

「皆深呼吸でもして、少し冷静にならないかい？　それで、もう一度状況を把握し直して、他にできることがないか考えてみようか？」

生命の女神の提案で、あいつの監視をしている獣神以外で深呼吸していると、

「あいつが骨の部屋までの近道を見つけたようだ」

事態が悪い方向に加速した。さらに、

「それと、『古代龍』の一頭が怪しい動きをしている」

別口の悪夢が、王国へ牙を剝《む》こうとしていた。

第一〇幕

◆マーリンSIDE

「スラリン、確かにテンマはあそこにいるのじゃな！　シロウマル、よくやった！」

ディンと合流してから追跡を始めて二日後。わしらは驚異的とも言える速度で女に追いつくことができた。それもこれも、移動の大半をシロウマルが担当し、追跡中は休まずにかなりの速度で走ってくれたからじゃ。

その間のわしらは、基本的にシロウマルの背に張りついてテンマの位置を探っておったスラリンの中で待機し、シロウマルの休憩時にわしとディンが交代で移動したのじゃった。もっとも、わしらも移動に貢献した（わしは魔法で飛び、ディンは馬を走らせた）とはいえ、二日間のうちに二人合わせてもシロウマルの走った時間の半分にも満たぬことから、いかにシロウマル頼みの追跡だったかがわかるというものじゃ。

「うぉっふ……」

さすがのシロウマルも疲れているようなので、ギリギリまでディメンションバッグの中で休憩（とはいえあまり時間は取れぬが）させ、わしとディンはシロウマルの代わりに移動の準備（ジンは乗馬があまり得意ではないので、シロウマルたちと共にバッグ内で待機中）と、いつでも戦えるように戦闘の準備をした。

「マーリン様、このまま一気にダンジョンまで行きましょう！　入口の手続きは後回しで大丈夫です！」

ディンはそう言うと、オオトリ家と王家の旗を取り出した。つまり、王家の旗を掲げておれば、セイゲンが王家の直轄地ということもあり、門番に緊急事態ということが伝わるらしい。

「もしかすると門番が追いかけてくるかもしれませんが、構わずに振り切ります」

もし伝わらなくとも、無視して突っ切るつもりとのことじゃった。まあ、説明する時間はないから、もしもの時の強行突破は当然のことじゃな。仮にこの場で問題になったとしても、この地の責任者はアレックスなので、わしらの行動はあの女を追いかけている最中のことであったと言えば全て丸く収まるじゃろう。

しかし、いざ門を強行突破しようと近づいたというのに、わしらを止めようとするどころか門番の気配そのものすら感じなかった。

「どうなっておるのじゃ？」

「もしかすると、あの女が何かしたのかもしれません。より一層気を引き締めていきましょう！」

ディンに頷き返しながら門をくぐると……セイゲンは想像以上の有様となっておった。

「魔物が溢れて……くそっ！」

「ディン！　馬を降りてわしに掴まれ！」

ディンに群がってきたのはゴブリンやオークといった魔物で、わしらにとって倒すのは苦にならない魔物ではあるが、あいつらの狂ったように走り寄ってくるさまは、いつも片手間で倒していたようなものとは違うように思えた。

わしが言い終わるとほぼ同時に、ディンは馬の背から飛び上がって宙に浮かぶわしの足を掴んだ(その流れの中で剣を抜いて馬の尻に軽く突き立てたので、馬は魔物に囲まれる前にセイゲンの外へと走っていった)。

「こいつらはダンジョンから溢れてきたのでしょうか?」

「その可能性が高いが、ここまで凶暴で狂った様子は見たことがない。もしかすると、あの女が何かしたのかもしれぬ……ディン、すまぬが少し寄り道をするぞ!」

移動するのが空を飛ぶわし一人となれば、少し寄り道をしたとてディンと共に移動するよりも早いと考え、ダンジョンに行く前にエイミィの実家の方へ向かった。そこでは、

「騎士のおかげで無事のようじゃな……ゴーレムよ! 向かってくる魔物を倒せ!」

エイミィの実家の近くでは、騎士たちと数人の冒険者と思われる者たちがアパートを守るように魔物と戦っておった。騎士たちがあそこで戦っているということは、重要人物となったエイミィの家族もアパートにいるのだろう。

わしはテンマのことはもちろん心配だったが、間接的とはいえオオトリ家の関係者となったエイミィの家族たちを無視することができずにここに立ち寄ったのじゃが、それで正解だったようじゃ。

「騎士並びにそこで戦っている者たちよ! 間違ってもゴーレムに攻撃するではないぞ! これは追加じゃ! こやつらと連携してアパートを守るのじゃ!」

最初に出したゴーレムたち(おそらく四〇体ほど)は、向かってくる魔物を倒そうとしてアパートから離れていったので、追加で出したゴーレムたち(二〇体ほど)には、騎士たちと連携してアパートを守るように命令した。

わしがゴーレムを出して命令している間、ディンがわしの下でオオトリ家の旗を皆に見えるように持っていたので、騎士だけでなく冒険者たちもこの状況を理解したはずじゃ。

その場からダンジョンへと体の向きを変えた時、視界の端の方で騎士たちに何か指示された冒険者の数人が離れていったゴーレムを追って走っていったのが見えた。おそらく、あのゴーレムたちはオオトリ家のものであり、むやみやたらに人へ危害を加える存在ではないと知らせる役目を与えられたのであろう。

「ディン、ワープゾーンから一気に下まで行くぞ！」

「了解しました！」

ダンジョンの地上部の建物に勢いよく突っ込むと、そこには数名の冒険者と魔物が争っておった。

わしらに気がついた魔物が数匹走り寄ってきたが、そいつらはわしの魔法で屠り、ディンがその間にジンとスラリンを外へと出した。シロウマルはスラリンの判断で、もう少しバッグの中で休憩させるようじゃ。

「ここまで戦力にならなくて申し訳ないです。ですが、ここからは俺が先陣を切らせていただきます！」

バッグから出てきたジンは力強く宣言し、新たに近づいてきた数匹のゴブリンを一振りでまとめて真っ二つにした。今の攻撃よりも前から額にうっすらと汗をかいていたので、バッグの中でいつでも動けるように準備をしていたのじゃろう。

瞬く間に仲間を殺された魔物どもは、それまで戦っていた冒険者たちを無視してわしたちの方へと殺到した。まあ、かなり凶暴化して普段より厄介な存在になっておるとはいえ、たかがゴブリンとオーク程度ではわしたちの相手にはならないので、即座に返り討ちにしたのじゃが……その間、それまで戦っておった冒険者たちはわしらから離れていった。まあ、逃げたのではなく、手が空いた隙に下の階層へと続く階段へと向かい、壊された椅子やテーブルを投げ込んでダンジョンからこれ以上魔物が出てこないようにしようとしておった。もしかすると、まだ下に冒険者がおるかもしれぬので、非情の作戦とも言えるかもしれぬが、これ以上魔物を外に出さない方が重要じゃと判断したのじゃろうし、冒険者ならワープゾーンから上に戻ってくることができるという判断もあったのかもしれぬ。

「お前ら！　半分はここに残ってこの場を監視して、残りは外から仲間を探して連れてこい！　この場を死守できれば、いずれオオトリ家のゴーレムによって外に溢れ出した魔物は駆逐されるはずだ！」

セイゲンを代表する冒険者であるジンがそう発破をかけると、その場にいた冒険者たちが力強い叫び声を上げた。さすがジンと言うべきか、セイゲンで積み上げてきた信頼と実績が、冒険者たちに力を与えておるようじゃった。

「わしたちはこのまま下へと向かうが、もし見知らぬ怪しい女が出てきた場合、即座にこの場から逃げるのじゃ！　そ奴がこの騒ぎの元凶であり、同時に今回の王国と帝国の戦争の黒幕と思われる。良いか、くれぐれも自分の命を大切にするのじゃ！　それが、大切な者たちの命を救う第一歩になるであろう！」

わしの話を黙って聞いておった冒険者たちは、少しの間を置いた後でもう一度雄叫びを上げた。この忠告で冒険者たちの被害が少しでも減るとよいのじゃが……あの女が冒険者たちに狙いを付けてしまえば、残念ではあるが逃げることはほぼ不可能じゃと思われる。しかし、それでも初っ端からなりふり構わずに逃げるという選択を取ることができれば、もしかするとほんの少しでも生き残る可能性が上がるかもしれぬ。

心の中で彼らの幸運を祈り、ディンたちとワープゾーンへと向かおうとしたその時、

「地震？　大きいぞ！　お主らは一度外に避難するのじゃ！　ディン、ジン、スラリン！　わしらはこのまま下に進むぞ！　何か嫌な予感がする！」

冒険者たちには外に避難するように言ったが、わしは何かすごく嫌な予感がしたのでこのまま最下層を目指すことを提案した。

わしの提案に一番に反応したのはスラリンで、自身の持つバッグの中から休憩中のシロウマルを呼び出してその背に乗り、ディンたちを置いてワープゾーンの方へと移動を始めた。わしもシロウマルの横を歩き出すと、二人も周辺を警戒しながらついてきた。

「これは……止まってください」

最下層の一つ上の階まで一気に跳び、先頭をわしらの中で一番このダンジョンに慣れておるジンに任せると、最初の曲がり角でジンが止まった。

「最下層の下にあるダンジョンにいたスケルトンや腐肉のゴーレムがいます」

「なるほど、わしにはまだ感じられるが、それで先ほどからシロウマルが嫌そうな顔をしておるのか……」

シロウマルにはかわいそうじゃが数少ない戦力の一つである為、ここから先はバッグの中で待機しておれというわけにはいかんかった。

「俺が先行して蹴散らします。ジンは俺の後ろで方向の指示、マーリン様は魔力の温存をお願いします」

「了解です」

「うむ」

即座にディンが指示を出し、わしらはそれに従うことにした。ディンは近衛隊の隊長を長年していただけあって、こういう時の状況判断の速さはさすがとしか言いようがない。

「最下層にこんな弱い魔物がいるということは、元々ここら辺りにいた魔物は上の階に移動したということか？」

「それで弱い魔物が順繰りに上の階層に追いやられて、地上に溢れていたんですかね？」

「そうじゃろうな。まあ、それでも元々いた魔物が残っていることは十分に考えられるから、油断はできぬがのう」

ワープゾーンから最下層に続く階段まではさほど遠くない上に、今この階層は弱い魔物ばかりなので、わしらはにおいを除けば苦労することなく目的地まで到着することができた。

「スラリン、まだテンマは下の方におるのじゃな？」

最下層のヒドラがいた場所に着き、徘徊《はいかい》しておったスケルトンや腐肉のゴーレムを排除した後でスラリンに確認すると、スラリンはまだ下の方からテンマの気配がすると言うので、わしらはこの場所で女を迎え撃つことにした。

「マーリン様、上の階層に続く階段はどうしますか？　このままだと、その女に逃げられる可能性があると思うんで、塞いだ方がいい気がするんですけど？」

「そうじゃな。壊すのは難しいが、土魔法で壁を作って塞いでおくくらいなら簡単にできるじゃろう。あの女なら壁を壊すことくらい苦もないかもしれぬが、それでも時間稼ぎにはなるはずじゃ」

ジンの提案で、階段の出入口と部屋の入口を塞ぐことにした。

壊さなかったのはそれをする為の魔力と時間がもったいなかったのと、万が一の場合に今度はわしらが閉じ込められて脱出の術《すべ》をなくしてしまうのを避ける為じゃった。

「マーリン様、スラリンが『テンマの気配が近づいてきている』と言っています！」

この場所に着いてからも何度か地震のような揺れがあったのじゃが、その間隔が長くなったと思っていると、スラリンの報告を受けたディンが、テンマの気配が移動を始めたことを知らせてきた。

「なるほどのう……やはり先ほどの地震はあの女が関わっていたということじゃな」

テンマの気配が移動を始める少し前から揺れが止まったということは、揺れの原因にあの女が関わっておったとみるのが妥当じゃろう。

どういった関わりがあったのかはわからぬが、少しでもあの女の体力や魔力が消耗しておることを願うばかりじゃ。

◆ディンSIDE

「マーリンさん。俺たちは一度上の階層に戻って、しばらくはゴーレムに任せた方がいいんじゃないですか⁉」

ジンはそう叫びながら、ゆっくりと迫ってくるスケルトンを数体まとめて蹴散らした。

確かにジンの言う通り、スケルトンと腐肉のゴーレムが弱い魔物だとはいえ、こちらは魔力を温存して戦っているということもあり、俺たちが倒すのと同じかそれ以上のペースで下のダンジョンから昇ってこられたら、いずれこちらの体力が尽きてしまうだろう。そうならない為に、ジンは一度ゴーレムに任せて休憩を取ってはどうかということだろうが……

「ジン、ここが踏ん張りどころじゃ！　ここに来てスケルトンや腐肉のゴーレムが増えてきておるということは、下の方で何かがあったということに違いない。その理由はあの女が上がってきておるからとわしは思っておる。もしわしらが待機しておる時にこの場にあの女が戻ってきた場合、後手に回る可能性があるのじゃ。ゴーレムの数を増やすから、もう少し頑張ってくれ！」

「了解です！　スラリン！　ここら辺の骨やゴミの回収を頼む！」

すぐに気持ちを切り替えたジンは、足元にたまってきた骨や腐肉の破片の回収をスラリンに頼んでいた。ここに現れる魔物は片手間でも倒せるくらいに弱い存在ではあるが、厄介なところが二つある。それは、いつになったら途切れるのかわからないくらいの数と、倒した後に残る素材《ゴミ》だ。

まだまだ体力に余裕があるので、今すぐに数に押し切られるということは考えられないが、倒した後には骨や腐肉の塊が残るので、そのままにしておくと徐々に足場がなくなってしまうのだ。

今は大した影響は出ていないが、もし足場が限られてしまった状態であの女が現れると、ろくな抵抗ができないままにやられてしまう可能性が高い。

そこで、スラリンに雑魚《ザコ》を倒した後に出るゴミ処理に回ってもらっているのだ。もちろん、スラリンだけでなく何体かのゴーレムにもゴミの処理を専門に行わせているが、細かな動きが苦手なゴーレムとは比べものにならない速度と正確さで処理を行うスラリンに、ついつい頼りがちになってしまっている。

そんなスラリンはいつもよりも体を大きくして、ジンの足元周辺に散らばっている骨や腐った肉を回収していっている。その最中、たまに向かってくるスケルトンをそのままの状態でゴミと一緒に回収しているので、退治と回収を行っているスラリンはこの場にいる者の中で、間違いなく一番重要なポジションにいるだろう。

その反面シロウマルはというと……腐肉のゴーレムのにおいのせいもあってか、いつもより動きが悪い。それに加え、敵の数が多いせいでいつもの速さを活かせていなかった。その為、今はシロウマルに無理をさせる時ではないとマーリン様は判断したらしく、シロウマルはゴーレムを足場にして移動しながらスケルトンの間引きを行っていた。

「マーリンさん！　敵の動きがおかしいです！」

その言葉を聞いて、俺とマーリン様はジンの指差す方へと視線を向けた。視線を向けた先には下のダンジョンへと続く穴があり、先ほどまではその穴から我先にといった感じでスケルトンや腐肉のゴーレムが溢れ出していたのだが、今は一度に一～二体くらいしか出てきていない。

「ようやく底が見えてきたんですかね？」

「そうじゃといいが……おそらくは違うじゃろう。何やら嫌な感じがするしのう」

「ですよね……さっきから、背中に嫌な汗が……ここからすぐにでも逃げた方がいいって気がしていますし」

マーリン様とジンの長年にわたる冒険者としての勘が、この場にいることの危険性を訴えているようだ。かく言う俺も、できることならこの場から逃げ出したいと感じるほどだ。

「来るぞ！　各自、気を引き締めるのじゃ！」

マーリン様がそう言うと同時に、あの女が穴から姿を現した。

◆マーリンSIDE

こんな間近だと、いかにあの女が規格外の化け物なのかが嫌でもわかる。テンマはよくこんな存在と、正面から戦うことができたなと思うくらいじゃ。

「スラリン。テンマはまだあいつにとらわれておるのじゃな」

スラリンに確認を取ると、まだあ奴の中からテンマの反応を感じるとのことじゃった。

「ディン、ジン、シロウマル！　テンマを助け出すぞ！」

「「おう！」」

わしの声に女が反応してこちらを向いたが、その次の瞬間には全力のシロウマルの体当たりを受けて背後の岩に叩きつけられた。

「何があったかはわからぬが、あ奴は万全の状態ではないようじゃ！　最初から全力で攻めるのじゃ！」

そう指示を出すと、ディンは落ちていたボロボロの剣を女に投げつけ、ジンは全力で走り距離を詰めて剣を叩き込もうとした。しかし女は、岩に叩きつけられながらもディンの投げた剣をその細腕で弾き飛ばし、ジンの攻撃はその場から跳ねるようにしてかわした。

「マーリン様！　あの女、回復力が落ちているようです！」

ディンは、女が剣を弾いた方の腕が変な方向に曲がったままなのを見て、即座に女の力が落ちていると判断したようじゃ。確かに前に戦った時と同じならば、ジンの攻撃をかわしている間に腕の骨折くらい治していてもおかしくはない。

「やはり、地下のダンジョンで何かがあったようじゃな。それも、わしらに都合のいい方向に」

理由はわからぬが、敵が弱っているというのなら今が攻め時じゃ。もっとも、そんなことを言わずとも、ディンとジンがこの好機を見逃すわけはなく、シロウマルとも連携して怒濤《どとう》のごとく攻め立てておった。

そんな中わしはというと、ディンたちが攻めておる間に周辺におるスケルトンと腐肉のゴーレムどもの処理の最中じゃった。

あの女が出てくる少し前と少し後は、地下のダンジョンに続く穴から出てくる雑魚どもはほとんどおらんかったのじゃが、今は徐々に元の数に戻ってきておった。

その為、広範囲を一気に殲滅できるわしが周辺の雑魚を薙ぎ払い、あの穴を塞ぐ役目を引き受けたということじゃ。それに、もしあの女がスケルトンや腐肉のゴーレムからも力を吸い取って回復することができた場合、それを防ぐという意味もある。まあ、それに関してはあの女の腕がすぐに戻らなかったことから可能性は低いとは思うが、どちらにせよ邪魔者を減らす必要はあるということじゃ。

「粗方倒したようじゃな。あとは穴の処置じゃ」

外に出ていたスケルトンどもはディンたちの周辺を除いてほとんど倒し終えたので、わしは穴の中にゴーレムの核を一〇ほど投げ込み、雑魚どもを倒し続けるように命令し、他のゴーレムには穴を塞ぐように命じた。これでわしもディンたちと共に戦える。

「ディン、ジン！　そこを離れるのじゃ！　『ファイヤーボール』！」

ディンたちに向かって叫ぶと同時に魔法を放つと、二人に一瞬遅れて（シロウマルは言われなくとも避けていた）女も逃げようとした。しかし、スラリンの触手に足を掴まれ、それを引き千切ることができずに『ファイヤーボール』の直撃を受けおった。

正直言って、この魔法が効くかは不明で、なおかつ間違ってテンマにまで被害が出ないように、『ブリッツ』よりも威力と貫通力が劣る『ボール』を使ったが、女の弱体化はわしが思っておったよりも激しかったようで、思った以上のダメージを与えることができたようじゃ。

「スラリン、テンマは？」

あまりにも効果があったので、とっさにスラリンにテンマは大丈夫なのかと訊いたのじゃが、テンマの気配に変化はないそうじゃ。

「つまり、あの程度の魔法ならテンマへの被害はないということじゃな！」

とどめを刺してしまうとテンマを助けることができなくなるかもしれぬが、あの程度の魔法で効果があるのなら女を弱らせるまではできそうじゃ。

「二人とも、わしが援護するゆえ、四肢を切り落としてでも動きを止めるのじゃ！　くれぐれも殺すでないぞ！」

前にテンマが発見したマジックバッグとマジックバッグを繋げることで中身を抜き取る方法……あの方法を応用すれば、あの女の中からテンマを救い出すことは十分可能なはずじゃが、動いている相手にぶっつけ本番では難しい。しかし、相手が動けない状況にあるのなら、二度三度と挑戦できるはずじゃ。

その為にも、あの女を動けないようにしなければならない。普通の人間相手なら四肢を切り落とすなど残酷すぎて到底できぬことじゃが、相手は人間ではない正真正銘の化け物じゃ。遠慮する必要など、これっぽっちもない。

「わかりました！」

「了解です！」

ディンとジンは、常に死角を突くような形で女に襲いかかり、シロウマルは女が飛んで逃げようとすればそこに襲いかかる。女がシロウマルの攻撃すらかわして逃げようとすれば、スラリンが触手を伸ばして妨害し、他が襲いかかるまでの時間を稼ぐ。わしはその間、女が魔法を使おうとすればそれを妨害することで戦闘を有利に進めていった。正直言えば、今よりも強かったとはいえ、何故テンマがこいつに負けたのかが不思議ではあったが、地下のダンジョンで起こった何かが関係しているというのなら今はその幸運に感謝するべきじゃな。

そう思い、更なる攻撃を女に加えようとした時……地面が爆発した。

「な、何事じゃ！」

爆発した周辺は土煙でよくわからぬが、おそらくあの辺りは地下のダンジョンへと続く穴がある場所のはずじゃ。つまり、わしらにとってあの爆発は良くないものである可能性が非常に高い。

「くそっ！　前が……ぬあっ！」

「がふっ！」

土煙の範囲が広がりジンが煙に包まれた瞬間、シロウマルがジンを体当たりするような形でその場から強制的に移動させた。その数瞬後、わしの身長を超えるほどの太さを持つ木のようなものがジンのいた所に落ちてきた。もしもシロウマルが助けに入らなければ、ジンはあのまま潰されていたかもしれぬ。

「ジン、シロウマル、大丈夫……くそっ！」

すぐにディンが声をかけようとしたが、そんなディンの所にも同じような太さの物体が降ってきた。

「何故こんな所に木が？」

「マーリン様！　こいつは木ではありません！　動いています！」

ディンの言葉に驚いて目を凝らすと、確かに木と思われたものはゆっくりとではあるものの動いておった。

「あれは何なのじゃ……しまった！　ディン！　あの女はどこじゃ！」

突然の乱入者に、わしらは迂闊なことに女から意識を逸らしてしまった。すぐに女を探すが、先ほどまでいたはずの所からはすでに移動しておった。

「マーリンさん！　あそこ！　俺の上に落ちてきた奴のそばにいます！」

ジンに言われた所に目をやると土煙は大分薄くなっており、木だと勘違いしていたものの形がわかるくらいまでになっていた。最初に落ちてきたものの近くにはディンの上に落ちてきたものも移動しており、女はその二つ先端の中間辺りに立っておる。

「『ファイヤーボール』！　ディン、ジン！　とにかく攻撃じゃ！」

何故あそこにいるのかの理由よりも、問題は少し目を離した隙にわしらに気がつかれずにあそこまで移動できるくらいに女が回復しておったということじゃ。

少しでも嫌な予感を消し去ろうと、わしら三人は何度も魔法を撃ち込んだ（ジンは魔法が得意な方ではないので威力は低く精度も悪かったが、それでもなりふり構わずに放っておった）のじゃが……そんな思いもむなしく、わしらの魔法は女の魔法に相殺されてしまった。

「もう一度……ぐぬっ！」

女に回復する暇を与えてしまったが、こちらもまだかなり余力は残っておる。ならばもう一度弱らせようとしたのじゃが……わしらよりも女の魔法の方が早く放たれた。

「ぐぁっ！」

女の魔法をしのいでいると、突然ジンの叫び声が聞こえた。見てみると、ジンの左脚の膝から下が切り飛ばされており、かなりの血が流れておった。

「ディン、スラリン！　すぐにジンの手当てを！　その間は、わしが防ぐ！」

ジンの前に立ち、女から放たれる魔法にわしの魔法を当てて相殺していく。その間にディンがジンの膝の上を縛り止血し、スラリンが回復薬を振りかけておる。その他にもスラリンが傷口の治療をしたようで、血はほぼ止まっておるようじゃが、繋げるまではできないようじゃ。安全で余裕のある場所ならば、わしならば何とか繋げることはできるじゃろうが、短時間で完璧に足をこのような場で繋げることができるとすれば、王国広しといえどもテンマくらいであろう。

スラリンとディンは何とかジンの治療を終えたようじゃが、戦力が欠けたわしたちは女の攻撃を防ぐので手いっぱいとなってしまった。

その中でわかったことじゃが、木だと思っていたものはテンマの報告にあった地下のダンジョンの最深部の部屋にあったという大蛇の死体のようで、女はそれをゾンビに変えた上で手下にし、地上へと向かわせておったみたいじゃ。それが地下のダンジョンから出てくると同時にわしらを攻撃し、さらに女は大蛇のゾンビを生贄にして回復したということじゃろう。

あの女は大蛇のゾンビ二体を生贄にしてかなり回復したはずじゃというのに、テンマと戦っておった時どころか、先ほどからわしの魔法の威力を多少上回る程度の魔法を使い続けておる。

もしこれが、わしが万全の状態でのことならば気がつくのが遅れたかもしれぬが、今はかなり疲労がたまってきておる状態であり、しかも魔法を使い続けているせいで威力が徐々に落ちてきておるというのに、あの女は常にわしの少し上をキープし続けておるのじゃ。これは確実に遊ばれておるとしか思えぬ。

「ディン、お主たちはどうなっておる？」

「すいません、右目が潰されました。ジンは脚以外大きな怪我はないですが、流れた血が多かったらしくかなり疲弊しています。スラリンとシロウマルも、俺とジンを庇って怪我をしています」

思った以上にまずい状況に追い込まれてしまったようじゃ。しかも、そんなわしらに対してさらに追い打ちをかけるかのように、地下のダンジョンに続く穴からまたスケルトンや腐肉のゴーレムが溢れ始めておる。

「穴に入れていたゴーレムたちは、どうやら大蛇のゾンビにやられたようじゃな……」

追加のゴーレムを出したいのじゃが、あの女はその隙すら与えてくれぬようじゃ。

そうしておるうちにスケルトンと腐肉のゴーレムが、わしら目がけて迫ってきおった。そのうち、わしらに近づきすぎたスケルトンどもは、女の魔法に巻き込まれて粉々にされおったが、数は減っていく以上に増える速度の方が早い。

どうにかして女の隙を突きたいところじゃが、このままではわしらの体力が尽きる方が先じゃ。

「マーリン様！」

そう考えていた矢先に女の放った魔法が体を掠り、わしは思わず膝をついてしまった。そんなわしを心配したディンがジンをシロウマルに任せて駆け寄ってきた。

「大丈夫じゃ……見た目よりもひどい怪我ではない。まだ動ける。それよりもディン、ようやくあいつは油断したようじゃぞ」

わしの怪我を心配するディンに小声で話しかけると、ディンも今この場に起こっている異変に気がついたようじゃ。

「先ほどまであれほど魔法を放っていたというのに、今は手を止めているということは、完全に俺たちを舐め切っていますね……」

女は完全に意識を逸らしているわけではないが、近づいてくるスケルトンどもにも視線を向けておるので、わしらの始末をどうするのか迷っているのじゃろう。

そんな中、

「ギャン！」

「シロウマル！」

緊張に耐えられなくなったのか、女に動きがないことを好機と見たのかはわからぬが、シロウマルが飛びかかって逆に弾き飛ばされてしまった。しかもシロウマルは今のダメージのせいか、なかなか起き上がろうとしない。

幸いなことに、弾き飛ばされた先にスケルトンどもはいなかったので、すぐに無防備な所に攻撃を受けるということはないであろうが、それも時間の問題であろう。

しかし、未だに立ち上がる気配を見せないシロウマルを見てわしらに余力は残されていないと思ったのか、女はわしらに背を向けて地上へと移動を始めた。

「今じゃ！」

わしが最初に魔法を連射すると、ディンは目が潰れた影響を感じさせない動きで女へと迫った。

しかし、さすがに魔法が向けられた時点で女も気がつき応戦しようとしたが、そこにジンが自分の剣を投げつけて魔法の邪魔をした。

すると女は、距離を取ろうと空へ浮かび上がったが……その片足をスラリンが触手を絡めて阻止し、さらにそれまで沈黙していたシロウマルが反対の足に噛みついた。

地上へと引きずり下ろされた女に、ディンが渾身《こんしん》の一撃をお見舞いした……が、その一撃は女の首を切り飛ばすことはなく、わずかに傷をつけただけで止まった。

女はディンの剣を掴むと憤怒の表情を浮かべて剣を投げ捨てるが、剣を投げた時にはディンは軽業師のようにトンボ返りで女の背後に回り、羽交い絞めで動きを止めようとしていた。そして、

「マーリン様！　今です！」

わしは『小烏丸』を握り締め突進し、女の胸に刃を突き立てた。

刃を突き立てた瞬間に、ディンは女から飛びのいたので怪我はないじゃろうが……その時に見せた表情に違和感を覚えた。それと、刃を突き立てた瞬間の手ごたえにも……

しかし勢いがついている以上、途中で止まることはできぬ。勢いのままに『小烏丸』を根元まで差し込むと……『小烏丸』は根元を過ぎても止まらず、そのままわしの肘の近くまで女の胸に飲み込まれていった。

ここまで来て、わしはようやく気がつくことができた。

わしたちは女の隙を突いたつもりでいたが、実際は女がわざと作った隙を突かされていたのだと。

そして飛びのいたディンが見せたあの表情は、突き立てたはずの『小烏丸』の刃先が、女の背中に貫通していなかったことに対してなのだと。

それに気がついた時、わしは女に蹴り飛ばされて宙を浮いており、『小烏丸』は切断されたわしの腕と共に、女の体へと飲み込まれておった。

特別書き下ろし

ライデンと私

「ライデン、ストップ！　食事休憩！」

私が走っているわけではないけれど、さすがにライデンに跨りっぱなしというのも疲れるし、時間が経てばお腹も減る。

「不満そうにしているけど、ライデンの体も暴れすぎて泥だらけ。このままだと、関節に土が詰まっていざという時に満足に動けなくなる……かもしれない」

ライデンなら、関節に土が入ったくらいで動けなくなることなんかないと思うけど、満足に暴れることができなくなるのは嫌みたいだった。

私の提案に最初は不満そうにしていたライデンだけど、泥だらけなのはやはり不快だったらしく、さらにはこのまま動けなくなる可能性を残したまま移動するくらいなら、少し休んでもその不快感と可能性を減らすことにしたみたいで、大人しく私の言う通りに動いてくれた。

「こっちの方に川があるはず……多分」

この辺りは来たことがないけれど、王都の近くにある川はこっちの方まで延びているはずだし、渡された地図にもそれっぽいものが描かれている。まあ、この地図は大雑把にしか描かれていないものだし、私のいる位置が正確にわかるわけではないけれど……私の勘がこっちに川があると告げている！

「うむ！　思ったよりも遠かったけど、私の勘は正しかった！」

目指した川には、三〇分くらいで着いた。まあ、ライデンを走らせなかったので普段よりも移動速度は遅かった（それでも、私が歩くよりは速かった）し、何よりも不確かな地図だったから、三〇分は誤差の範囲内だろう。

しかし、ライデンにとって三〇分は誤差ではなく超過だったみたいで、

「ライデン？　ライデン、ストップ！　ストーーップ‼」

ライデンは川を見つけても止まるそぶりを見せるどころか速度を上げて、

「んぎゃーーー！」

大きくジャンプして川のど真ん中の一番深いところへ飛び込んだ。

あまりにもライデンが急激に速度を上げたせいで、背中から飛び降りることができなくて、私はライデンと一緒に川へと沈んだ。

「ひど……ひどい目に遭った……」

ライデンと一緒に川底に沈んでしまった私だったけど、川の深さがライデンの倍以上あった割に幅は二〇メートルくらいしかなかったし流れも緩やかだったので、すぐに陸に上がることができた。

ちなみに、一緒に沈んだライデンはというと、悠々と川底を歩いて陸に上がってきた。悔しいけど、登場の仕方がなんかカッコいい。

「とにかく、体を拭いてご飯にしないと……ライデン、乾かないと出発はできない」

服を着替えて髪の毛を拭いていると、汚れの落ちたライデンが「早く出発するぞ！」とでも言いたげに脚を踏み鳴らしていた。

しかし、私はまだご飯を食べていないし、ライデンも濡れたままで走れば川に入る前よりも汚れてしまうのは目に見えているので、ライデンが乾くまで休憩の時間にすることにした。

「おにぎり、大量に持ってきてよかった。お味噌汁もおいしい……」

不満気だったライデンも、また汚れるのは避けるべきとわかったみたいでじっとしているけど……私をじっと見ながら乾くのを待つのはやめてほしい。しかも、ライデンの視線を避けようと移動すれば、私に合わせて体の向きを変えるし……そのせいでおいしいご飯のおいしさが半減……いや、二割減？　している気がする。まあ、もしかすると気のせいかもしれないし、変わった具のおにぎりのせいかもしれない……絶対に、あの納豆や苦い薬草を炒めたものを具にしたのはアウラが作ったもので間違いない！　まあ、納豆は美味しかったけど……薬草を具にしたのは超まずかった！　絶対に同じのを作って、アウラの口に押し込んでやる！

……まあ、そんなこんなで食事は終わり、私はまたライデンに跨ってお母さんたちとの合流を目指したのだけども……

「ライデン、張り切り過ぎ――――！」

休憩を終えたライデンは体が綺麗になって嬉しいからか、それとも待たされたうっ憤を晴らす為なのか、休憩前よりも速く走り、道中で遭遇した魔物の群れを荒々しく蹴散らすのだった。

「魔核だけでも回収できたら、結構な金額になっただろうに……無念」

さすがに魔核を回収する暇などないので、ライデンが倒した魔物の素材は全て無視してきたが、ちょっともったいないと思ってしまうのは仕方がないことだ。まあ、王国が勝てばあんな素材など目じゃないくらいの報酬が出るだろうし、あれだけぐちゃぐちゃにされれば、ゾンビとして復活することはできないだろう。

そう自分に言い聞かせて、お母さんたちを探してライデンを走らせ続け、見つけた魔物をライデンの上から切りつけていたら……なんだか楽しくなってきてしまった。

多分、お母さんたちと早く合流しなければという焦りとこれまでのたまった疲れ、そして見つけた魔物を一方的に蹴散らす圧倒的な力の行使に血のにおい……もしかすると、これが万能感というものかもしれない。

「ライデン、ゴー！　向こうに次の標的がいる！」

ライデンも気が乗っているのか、ここに来て完璧に私の指示通りに動いている。今、私とライデンは一心同体ともいえる存在となった！

そうして私とライデンは、魔物を見つけては蹴散らして移動、また見つけては蹴散らして移動を繰り返し……

「む？　もしかして、西に行きすぎた？」

気がつくと南に向かっていたはずが、いつの間にか西側に大きく進路がずれていたのだった。

「まあ、ここからでも進路の修正は利く……はず？　とにかく、お母さんたちの予定している進路に向かおう！」

ちょっと調子に乗りすぎてしまった私とライデンは、急いでお母さんたちが通る予定とされている道へと進路修正をした。そのおかげで、

「見つけた！　あれがお母さんたち！　……のはず」

遠くに、それっぽい集団の一部を発見した。

ただ、状況的に見て南部子爵家の軍で間違いないとは思うけど、もしかすると敵側の部隊ということも考えられる。

「よし、ギリギリまでライデンで突っ込んで、もし敵ならそのまま蹴散らしてしまおう！」

それが一番いい。もしも敵だった場合、ライデンで突っ込んだだけでも大打撃を与えることができるだろうし、その分だけ後から来るはずの南部の皆が楽できる。

ただ、問題はあれがお母さんたちだった場合だけど……ライデンが近づいただけで驚いて怪我をするようなのはいないはずだし、向こうもすぐに私とライデンだということに気がつくだろうから、攻撃されることはないはずだ。さすがにお母さんやブランカに攻撃されれば、こちらが致命傷を負いかねない。

「それに何より、ド派手な登場を演出することができるはず！」

などと考えながら、ライデンの全速力で近づくと……思った通り南部子爵軍だった。ライデンの力を見せつけることができなくて少し残念だけど、それは後のお楽しみに取っておこう。

それよりも今は……

「義姉さん、ちょっと待った――――！　あれはライデンだ――――！」

「えっ！　ということは、テンマが来たの⁉」

「残念！　私が来た！　……とうっ！」

お母さんを驚かせることの方が大切だ！

お母さんたちはライデンの登場だけでも十分驚いているみたいだけど、それだけではまだ足りない！　だから私は……跳んだ！

「むぅ……さすがに乗りっぱなしは足腰にくる……ぬあっ！」

でも着地に失敗した！　さらには、

「この緊急事態に、ふざけた登場《まね》をしない！」

お母さんに力一杯殴られた！　おまけに、

「アムール！　早くここに来た理由を言いなさい！　さすがに理由なくライデンを借りてまで南部子爵軍を探しに来たわけではないのでしょう！」

痛みで呼吸ができなくて言葉が出せないのに、ここに来た理由を話せと急き立てる！

この時の私は、本気でお母さんが鬼に見えたのだった。

異世界転生の冒険者⑮／完

あとがき

『異世界転生の冒険者』を読んでいただき、ありがとうございます。一五巻まで来て、ようやく最終決戦手前まで書くことができました。

一五巻では最後の敵となる謎の女が出てきますが、圧倒的な強さといやらしさを出そうとしたら、テンマの魔法を食らいながら反撃して倒し、マーリンたちをまとめて相手にしても苦戦せず、テンマに悪夢を見せて苦しめるという結果になりました。

強さに関しては、正直テンマたちを簡単にやっつけることができればわかりやすいと思いましたが、いやらしさはなかなか苦労しました。そこで悪夢という形で表現することにしたのですが、何が一番効果的だろうかと考えた時に、テンマと親しいキャラクターがテンマを傷つければいいのではないか？ というところに行きつき、テンマの記憶に沿って何度も殺されてしまうというものになりました。正直言って、自分で描いていて少しきつかったです。なので、最初はキャラの組み合わせを変えてもう少しパターンを増やすつもりでしたが、書いている途中で悪夢を書くのは一周で終わらせることにしました。

そして、謎の女の正体は次の最終巻で明かされることになりますが、軽い扱いでしたがこれまでの話の中でチラッと出ていたりします。まあ、その時は使うつもりはなく話の中のちょい役ですませるはずだったのが、物語が進むにつれて物語の最後をどうするかと考えた時に存在を思い出したので、急遽最後の敵として登場させることにしました。ちなみに、自分は謎の女をラスボスと呼んでいます。わかりやすくて言いやすいので。

こんな感じで一五巻はテンマの活躍と完全敗北を書き、次の最終巻で完全決着となります。最終巻には、新たな敵と強力な援軍が登場し、テンマ以外のキャラクターたちの活躍も書かれています。

そして巻末にはおまけとして、テンマの子孫の話も載せています。どうか最後までとお付き合いください。

２０１５年の一月に、思いつきと気まぐれから始まった物語がもう少しで終わりを迎えます。

ただ、漫画版の方はまだ連載していますので、完全な終わりとはいえないでしょうが、自分の中では次が大きな区切りとなるのは間違いありません。

最終巻の作業も行っていますので、楽しみにしていただけると幸いです。

ケンイチ

MAG Garden NOVELS

異世界転生の冒険者 ⑮

発行日　2024年4月25日 初版発行

著者 ケンイチ　イラスト ネム

発行人　保坂嘉弘
発行所　株式会社マッグガーデン
〒102-8019 東京都千代田区五番町 6-2
ホーマットホライゾンビル 5F
編集 TEL：03-3515-3872　FAX：03-3262-5557
営業 TEL：03-3515-3871　FAX：03-3262-3436
印刷所　株式会社広済堂ネクスト
装　幀　ガオーワークス

ISBN978-4-8000-1434-4 C0093　Printed in Japan